Jacqueline Duchêne

LA DAME DE VAUGIRARD

roman

JC Lattès

Tout est vrai, tout est imaginé.

La Dame de Vaugirard est un roman historique. Tout y est vrai, le décor du temps — l'époque du Roi-Soleil —, les détails de la vie quotidienne — costumes, repas, voyages, médecine —, les allusions à la condition de la femme, à l'argent, les mentions de tableaux, d'œuvres littéraires. Et l'on peut reconnaître, dans l'héroïne la véritable comtesse de La Fayette, dans son entourage certains personnages du Grand Siècle.

Mais c'est un roman d'amour. Les paroles, les réactions des personnages sont inventées. Leurs aventures, leurs sentiments ont pu être imaginés, dramatisés, leurs lieux de séjour déplacés. Il le fallait pour qu'ils nous fussent plus proches, pour que revive cette Dame de Vaugirard, émouvante, ballottée entre les bonheurs et les malheurs de l'écriture, les vrais amis et les envieux, se heurtant à l'impossibilité d'être à la fois comtesse et écrivain. Il le fallait pour qu'éclatât le romanesque du destin de la première des romancières françaises.

Ne devait-on pas ce roman à l'auteur de *La Princesse de Clèves* ?

1

Saint-Sulpice

Le cortège sortait frileusement de Saint-Sulpice. Du beau monde ! À en juger par la file de carrosses à quatre ou même six chevaux qui attendaient les mariés et leurs proches devant l'église, ce mercredi 22 décembre 1650.

« C'est une veuve, chuchotaient quelques badauds bien renseignés, Mme de La Vergne. Son mari est mort l'an dernier. Il était très vieux.

— Et lui, ce bel homme, c'est le chevalier Renaud de Sévigné. Qu'est-ce qu'il peut avoir ? Quarante ans.

— Oui, à peu près, moins qu'elle en tout cas.

— Qui est cette petite ?

— La fille de la mariée, sans doute. Qu'elle est pâle ! Elle a l'air complètement gelée. »

Madeleine de La Vergne, une adolescente au manteau élégant, en velours prune garni de rubans roses, la tête couverte d'une écharpe de dentelle, quittait à son tour l'église. Les pieds glacés, malgré ses petits souliers de chez Georget, le cordonnier à la mode, les yeux battus, la mine ravagée. Qu'avait-elle donc à montrer, dans ce cortège de fête, un air si chagrin ?

Bien sûr, un an auparavant, à un jour près, elle était dans cette même église à pleurer son héros. Elle avait quinze ans et c'étaient les funérailles de son père. Cela devait remuer des souvenirs. Un père féru d'art militaire mais aussi d'architecture et de peinture, ancien précepteur d'un petit-neveu de Richelieu. Un père malin, conscient de l'engouement des nobles pour ce coin de Paris depuis que la reine Marie de Médicis avait installé un magnifique palais dans l'ancien domaine des Luxembourg. Un père habile à prévoir les transformations immobilières de ce quartier peuplé seulement de couvents, mais où il possédait lui-même des terrains à bâtir et, déjà, une maison, rue Férou. En attendant les suivantes...

« Mon papa, pourquoi quittons-nous notre belle maison ? lui avait demandé la petite Madeleine de sept ans, quand il avait été question de déménager.

— Pour aller dans une maison plus belle encore. Voyez, elle est tout à côté. Elle touche celle-ci. On sort rue Férou, on tourne le coin, à gauche. On fait quelques pas rue de Vaugirard, et on y est. »

Marc de La Vergne ne cessait d'acheter et de construire. La vie continuait, heureuse, pour la fillette, qui jouait parfois à faire le loup, son tablier rabattu sur le visage. « N'est-elle pas adorable ? » disait à tout venant le vieux papa. La maison nouvelle était plaisante, les pièces vastes pour l'époque, meublées avec raffinement, réchauffées l'hiver de tentures et de tapisseries. Rien n'y manquait pour entourer l'enfant de beauté et former son intelligence.

Son père aimait recevoir des écrivains. Il aimait lire. Chose beaucoup plus rare alors, où les bibliothèques étaient le fait de privilégiés, comme le chancelier Séguier ou Mazarin, il aimait posséder des livres, les avoir chez lui. Il en avait acquis un nombre suffisant pour qu'à sa mort, sa bibliothèque fût comptée dans sa succession. C'était loin d'être le cas pour la plupart des gens riches de son temps !

La Vergne souhaitait que Madeleine eût accès à ses livres. Ce n'était pas courant non plus en un siècle où les hommes pensaient qu'il suffisait aux filles d'apprendre à aimer Dieu, coudre et filer. Les jours fastes, il prenait plaisir à faire admirer à l'enfant son cabinet de collectionneur.

« Voulez-vous y venir un moment ?

— Oh, oui, mon papa », répondait l'enfant, d'un air pénétré d'importance, charmée à l'avance de l'odeur particulière et du silence de ce lieu de retraite réservé aux grandes personnes.

Devant les objets, elle s'arrêtait, promenait un regard extasié sur les médailles, antiques ou modernes, sur les fossiles et les pétrifications, sur un magnifique secrétaire en bois noir.

« Ouvrez-le, ouvrez-le, mon papa », suppliait-elle.

Elle ne se lassait pas de contempler, à l'intérieur, trois petites peintures, très colorées, de la vie du prophète Daniel.

Son père lui expliquait les esquisses des dessins qu'il avait réalisés pour la décoration du château royal de Fontainebleau. Toujours, elle revenait admirer la pierre gravée, cadeau à La Vergne de l'érudit provençal Peiresc. De ne pouvoir la déchiffrer en augmentait pour elle le mystère et le prix.

Elle avait donc pleuré son père de toute son âme. C'était normal. Le bouleversement de l'église même s'accordait, lui semblait-il, à celui de son cœur. Le curé Ollier avait décidé de démolir le monument ancien. On n'aimait plus le gothique, et l'on voulait un bâtiment plus vaste, plus conforme à l'agrandissement du quartier en pleine expansion qui entourait maintenant Saint-Sulpice. La reine Anne d'Autriche elle-même avait posé la première pierre du nouvel édifice. Très vite, l'argent avait manqué. La grandiose entreprise traînait. La reconstruction, commencée à partir du chœur, s'enlisait et ne laissait aux fidèles qu'une impression d'inachèvement, de laideur et de tristesse.

Aujourd'hui, Saint-Sulpice était toujours en travaux, et Madeleine toujours aussi malheureuse. Mais ce n'était plus son père qu'elle pleurait. Elle pleurait sur elle-même, sur sa désillusion cruelle, sur son amour pour le mari de sa mère. La naïve petite fille avait cru l'aimer, elle avait cru en être aimée.

Aussi, ce mercredi-là, faisait-elle tout pour cacher son chagrin. Chagrin inavouable, jalousie folle pour sa mère qui occupait la place qu'elle avait rêvée, déception qu'elle pensait insurmontable, sentiment de honte qu'elle ne parvenait pas à masquer. Elle s'en doutait, les bonnes amies de la famille avaient moins remarqué sa charmante toilette que sa mine défaite. Pendant la cérémonie, elles ne s'étaient pas privées de cancaner.

« Que s'est-il passé ?

— Mère et fille rivales... Est-ce possible ?

— Quelle indécence à se remarier si vite ! Avec un homme plus jeune qu'elle !

— N'est-il pas chevalier de Malte, soumis au vœu de chasteté ?

— Oh, cela s'arrange...

— Regardez donc la tête de la petite, une vraie tête d'enterrement.

— C'est pourtant un tendron charmant. Elle vaut mille fois sa maman.

— Allons, ne parlez pas de mérite. Connaissez-vous la fortune de la mariée ? Elle a dépassé les quarante ans. Si son mari lui fait un enfant, elle risque de n'en pas réchapper, et tout le bien sera pour lui.

— On murmure que la petite s'était éprise du beau chevalier. Voilà qui expliquerait sa tristesse.

— C'est donc vrai ? Je n'osais pas croire à un pareil roman. Comme c'est excitant !

— Chut, chut, mesdames, un peu de tenue », susurra suavement le président Pommereuil, qui cependant n'avait rien perdu des paroles moqueuses.

Madeleine ne pouvait les entendre, ces paroles, mais elle les devinait. Crucifiée dans sa douleur et sa honte, elle les imaginait sur toutes les lèvres. Et samedi, à sa manière désinvolte et précise, le gazetier Loret, le seul à pouvoir rivaliser dans sa *Muse historique* avec la solennelle *Gazette de France*, en remplirait — elle en était sûre — les colonnes de son hebdomadaire. Le monde connaîtrait son humiliation.

Le soir, dans son lit, ce fut bien pis. La poitrine comme dans un étau, Madeleine se tournait et se retournait. Sans cesse lui revenaient les images de l'été finissant et de l'automne passé. Elle revoyait la petite maison, que Marie de Sévigné, une très jeune amie de sa mère, désormais sa cousine, lui avait prêtée, le Clos-Lucas, perdu dans le parc de l'abbaye de Livry. Pendant les chaleurs, Marie séjournait chez son oncle l'abbé. Mme de La Vergne s'était réjouie de son invitation. Madeleine revoyait aussi les allées d'arbres si belles, dorées ou rousses, le ciel encore bleu, les arbres croulant de pommes, les promenades à cheval. Comme les heures étaient douces !

Tous les jours, Renaud, un cousin de Marie, venait galoper avec elle. Sa mère les accompagnait, il fallait bien un chaperon ! Tous les jours, Madeleine voyait le fringant cavalier élégant et joyeux, les yeux brillants, fidèle à leur promenade. Tous les jours, son cœur battait à se rompre de joie. Elle s'appliquait, montait mieux que jamais. Son maître d'équitation aurait été stupéfait de son ardeur. Même lorsque l'air fraîchissait ou que la brume couvrait les bois, elle trouvait le temps splendide. Elle aurait voulu galoper toujours avec lui et que l'automne durât sans fin.

Avait-elle été stupide ! Ses seize ans flottaient dans un rêve bienheureux. Dans son premier désir d'amour, elle ne voyait que Renaud et sa belle tournure. Elle ne voyait pas sa mère, fine cavalière, les joues roses, l'allure fière, s'abandonner à son plaisir d'être accompagnée de cet homme.

Un après-midi, elle errait désœuvrée dans le jardin. C'était un jour d'automne lumineux, de ces jours filés d'or et de soie. Pourquoi ne pas continuer par la grande prairie puis gagner les bois à pied ? Il lui suffisait de marcher jusqu'au bout de l'allée et de contourner sur la droite la gloriette. En s'avançant vers le coquet petit édifice rond, en bois peint, cerné d'une vigne vierge rougissante et de quantité de roses moussues qui embaumaient, Madeleine s'imagina entendre la voix de Renaud. Tiens ! Elle croyait qu'il ne venait au Clos-Lucas que le matin. Fallait-il qu'il occupât son âme pour qu'elle l'imaginât près d'elle à tout instant !

Elle s'approcha. Il devait faire bon à l'intérieur de la gloriette. On y était à l'abri du soleil, les bancs rustiques qui en faisaient le tour étaient couverts de coussins dodus. Soudain, elle se mit à trembler. Pas de doute, c'était bien la voix de Renaud. Il suppliait, insistait. Qui donc était avec lui ? Elle s'approcha encore.

« Ne me faites plus attendre. Vous êtes libre, je vous aime, acceptez de vous unir à moi. »

Il continuait, persuasif :

« Nous en avons déjà parlé. Votre maison sera plus gaie. La petite n'en sera que plus heureuse. »

Madeleine n'avait pas besoin d'en entendre

davantage. Elle se figea sur place. L'horrible douleur la saisissait encore, là dans son lit, à ce souvenir. C'était sa mère qui écoutait les tendres paroles de Renaud. Comment avait-elle pu être assez sotte pour croire que le beau cavalier venait pour elle ? Isabelle de La Vergne n'était-elle pas superbe ? Et riche, toujours vêtue avec recherche, passant de longues heures entre les mains de ses femmes qui la coiffaient, la massaient, la parfumaient.

Depuis ce moment, la rage jalouse n'avait plus quitté Madeleine. Et cette Marie, quelle hypocrite ! N'était-elle pas de connivence avec Renaud en prêtant le Clos-Lucas à sa mère ? Quel moyen commode cette maison retirée pour faire une cour discrète et quotidienne ! Quelle aubaine pour Renaud cette cousine bavarde, entichée de sa noblesse, entichée aussi de la noblesse des Sévigné, et qui faisait miroiter à tout instant à Isabelle le bonheur d'avoir des aïeux remontant aux Croisades. L'allure du prétendant, l'antiquité de sa race, la veuve avait de quoi succomber...

L'adolescente aussi. Elle le dévorait des yeux. Il occupait ses pensées. Elle mettait sa confiance en lui. Sans oser rien montrer, bien sûr. Elle croyait jouer, seule, le rôle de l'amoureuse dans ce tableau de dames à la campagne.

Maudite idée qu'elle avait eue de raconter à l'une des petites Coulanges, les nièces de Marie, son bonheur de ces chevauchées matinales, à lui faire entendre que peut-être... qu'elle espérait... Malicieuse comme elle l'était, Philippine avait dû deviner le dessous des cartes et se moquer d'elle avec ses sœurs : « La petite idiote se monte la tête. Elle se croit irrésistible. Ce n'est pas pour elle que le beau Renaud vient tous les jours au Clos-Lucas ! »

Les railleuses avaient raison. Renaud de Sévigné épousait la mère à Saint-Sulpice. Il aurait pu tomber aussi bien amoureux de Madeleine, de ses yeux noirs et vifs, de sa lourde chevelure, de son cou élancé et de son port de tête élégant. En fait son inclination était interchangeable. Il était venu au Clos-Lucas pour l'argent que La Vergne avait laissé en abondance aux deux femmes.

Mais dès sa première visite, Isabelle avait mis les points sur les *i*. Elle se doutait des raisons de l'assiduité de Sévigné, et la vaniteuse entendait les tourner à son profit. Elle lui déclara d'emblée qu'il n'était pas question de mariage pour Madeleine : « Trop jeune. » Cette porte fermée, il y avait toutes les chances pour que l'intrigant tentât d'en ouvrir une autre, la sienne. Il s'y employa.

Alors elle refusa de voir la volte-face de Renaud et fit mine de ne pas comprendre ses déclarations enflammées. C'était pour faire durer le plaisir. Elle savourait avec curiosité la manière dont il progressait dans les chemins de la conquête, et la pressait de l'épouser. Et puis, à son âge, même si elle doutait au fond de leur véracité, quel bonheur d'entendre des mots d'amour ! Quel bonheur aussi à la pensée d'en goûter ensuite les effets, bien réels, ceux-là, de goûter à nouveau aux gestes d'amour ! La scène surprise par Madeleine au Clos-Lucas était l'aboutissement de la coquetterie de sa mère et de l'insistance de Renaud.

Au soir de leur mariage, victime de leurs stratégies victorieuses, la jeune fille plongea dans le désespoir.

Le lendemain, quand elle prit son bain, elle se rasséréna un peu. Si la plupart des gentilshommes allaient dans des établissements spécialisés se baigner, et aussi s'amuser, on louait chez les riches, pour les dames, des baignoires de cuivre aux chaudronniers.

En forme de sabots, pas très grandes puisque les servantes devaient les remplir en y apportant, bouilloire après bouilloire, l'eau chaude. On ne pouvait s'y prélasser. Madeleine pourtant s'y plaisait beaucoup.

Ce matin-là, elle se dénuda, examina ses longues jambes de cavalière, trouva ses cuisses si douces. Ses mains, blanches, parfaites, reposaient sur son ventre comme les deux ailes d'un oiseau. Ses petits seins pointaient, irréprochables. Allons, elle pouvait plaire. Son chagrin de la veille se changeait peu à peu en mépris. Ce Renaud, quel imbécile !

Les flammes gaies du feu vif qui crépitait dans la cheminée de sa chambre coloraient toute la pièce d'une agréable lueur orange. L'odeur de romarin dont le bain était parfumé, la tiédeur de l'eau qui enveloppait Madeleine, le plaisir d'admirer son corps et de le caresser lentement, le va-et-vient silencieux de ses deux servantes, l'éclat des linges blancs dispersés ici et là, apportaient à la jeune fille une douce langueur et l'apaisaient.

Elle sentait qu'elle pourrait oublier un jour l'église désolée, les souvenirs gris, tristes et glacés de Saint-Sulpice.

2

À l'hôtel de Schomberg

« Ma belle, vous voilà riche ! »

Madeleine venait d'arriver à l'hôtel de Schomberg, rue Saint-Honoré, au coin de la rue de Bailleul. Elle se tenait à un bout de la grande salle illuminée, et la vue de sa mère au bras de Renaud ravivait son chagrin. Elle se retourna brusquement. Qui lui murmurait ces mots d'un ton malicieux et gourmand à la fois ?

Ah, bien sûr, Henri de Sévigné, le filleul du maréchal Henri de Schomberg, père de Charles, l'actuel propriétaire des lieux. Sévigné, le coquin, l'époux de Marie qui, non content de sa jolie femme, collectionnait les autres comme un naturaliste les papillons. Charmeur, il regardait Madeleine tout en tripotant le bras de sa compagne, Mme de Gondran, la belle Lolo. En voilà une qui n'avait pas volé son surnom. Ses seins débordants de son corsage y répondaient éloquemment.

Madeleine haussa les épaules et sans mot dire se détourna du couple. De quoi se mêlait-il, ce Sévigné ? Le cousin de Renaud en plus... Depuis l'aveu entendu au Clos-Lucas, trois mois auparavant, la blessure saignait toujours. Et puis, que voulait-il dire ? Riche, elle l'avait toujours été. Elle ne se posait même pas la question. Elle avait toujours eu ce qu'elle désirait, robes, friandises, rubans, chevaux, meubles, et pour se promener, l'énorme carrosse des La Vergne aux portières vernies.

C'était une des grandes réceptions de l'hiver, le souper puis le bal. Certes, l'agitation politique reprenait, tiraillant Gaston d'Orléans, l'oncle du jeune roi, entre Fronde et soumission à la reine. L'abbé de Retz, coadjuteur de l'archevêque de Paris, manœuvrait habilement, réclamait la libération des princes du sang emprisonnés pour s'être révoltés contre la régente et son ministre, et leur retour à Paris. On pressentait qu'il obtiendrait prochainement le renvoi de Mazarin.

Malgré ces grandissantes velléités frondeuses et les menaces de conflit, les privilégiés entendaient ne pas perdre leur hiver ni leur carnaval. Les réunions joyeuses allaient bon train. Dès l'âge de douze ans, on y traînait les fillettes de la bonne société. Un plaisir pour beaucoup. Une corvée pour Madeleine.

Sa timidité la tenait à l'écart des « petits marquis » au verbe haut, tout bruissants de soieries, prodigues de galanteries. Quasi inconnus d'elle, ils l'effrayaient. Il avait fallu la présence quotidienne de Renaud et le calme des bois de Livry pour qu'elle s'intéressât à un homme et lui abandonnât, en secret, son cœur.

Au bal, elle craignait que le moindre de ses mouvements fût épié, commenté. Et à rester ainsi immobile dans son coin, elle partait de la fête, mortifiée, déçue de n'avoir pas su plaire. Car les danseurs ne se mettaient pas en frais pour cette jeune personne effacée, trop réservée, sans titre, qu'un rien semblait effaroucher et dont la fortune était, pensaient-ils, médiocre.

20

À l'hôtel de Schomberg

Ce soir-là, elle prit sa place, résignée. Elle n'aimait pas manger. Deux somptueuses tables de dix-huit couverts étaient dressées dans la grande galerie. Selon la coutume, on avait disposé pour le premier service, au centre, un « grand plat » — du rôti de chevreuil. Deux « moyens plats » l'encadraient, remplis de potage à la volaille. Six « petits plats », deux de flancs, deux d'artichauts frits, deux de ragoûts de morilles, entouraient le tout, flanqués de quatre « assiettes » garnies de boudins, andouilles, saucisses et fricandeaux.

Un tel déballage rebutait Madeleine. Et dire que les domestiques allaient relever le tout pour apporter et disposer de même le second service, les entremets, et le troisième, les desserts. Du vin de Sancerre et du rossoli, léger et délicat, filaient joyeusement. Madeleine préféra de l'eau d'angélique. Comme toujours, elle se sentait perdue dans ce brouhaha mondain. Et puis, elle évitait de regarder Renaud et sa femme qui paraissaient au comble du bonheur.

En passant dans la salle illuminée, elle tapotait avec tristesse sa robe de taffetas jaune. Elle craignait que le bal ne lui fût un nouveau supplice. Tout à coup, miracle. Gaston de Roquelaure, connu par ses extravagances, libertin et brutal, s'avança vers elle avec sa troupe de jeunes gens à la mode. Madeleine eut un mouvement de retrait. Mais, au lieu de se moquer, le duc s'inclina courtoisement devant elle. Alors, ce fut à qui la saluerait avec galanterie, lui parlerait de manière enjouée, l'inviterait pour la prochaine « courante ».

« Les mouches vont goûter au miel, murmura Mme du Plessis-Guénégaud à sa voisine Marie de Schomberg, la maîtresse de maison, qui observait avec elle le manège des danseurs.

— L'égoïsme des hommes n'a pas de bornes. Profiter de nous, voilà ce qu'ils veulent. Ils sont par nature intéressés », trancha Mme de Brégy avec amertume. Elle en avait assez de son époux et se préparait à lui intenter auprès du Châtelet un procès en séparation de corps et de biens.

« Vous le savez certainement, à l'occasion du remariage de la mère, on a fait le partage de la fortune du père. La petite La Vergne devient vraiment un parti intéressant ! Pourtant, je l'ai appris de source sûre, poursuivit Mme du Plessis-Guénégaud, pas mécontente de se montrer toujours la mieux informée, Isabelle dans son contrat a avantagé au maximum son nouvel époux.

— Fallait-il qu'elle ait envie d'avoir un homme dans son lit ! Et plus jeune que le pauvre défunt, pouffa la comtesse de Béthune.

— Bah ! Il y a assez de biens pour tous », conclut la Brégy.

Ainsi, à l'hôtel de Schomberg, en cette fin de janvier, Madeleine retrouva une certaine joie de vivre. Elle connut pour la première fois le plaisir de la danse, l'emportement de la musique, les compliments qui mettaient le feu à ses joues. Au diable son chagrin. Au diable l'amour jaloux, les rêveries secrètes, l'espoir dévorant et toujours déçu. Nemours, Joyeuse et Créquy lorgnaient les belles, et les belles leur rendaient leurs œillades. Elles avaient raison.

Désormais Madeleine ferait de même. Jamais les pourpoints des danseurs, les talons rouges de leurs souliers à la cavalière, leurs petits chapeaux emplumés ne lui avaient paru aussi brillants. Jamais les bassins d'argent regorgeant de confitures sèches et de dragées, jamais les compotiers de porcelaine croulant sous les pruneaux de Damas, les figues et les raisins ne lui avaient paru aussi tentants. Elle qui n'avait jamais faim les aurait dévorés tous à belles dents...

Une ou deux fois elle aperçut Henri de Sévigné

avec sa belle. Il profitait du séjour de sa femme en Bretagne pour s'amuser. N'avait-il pas raison ? Elle ne se doutait pas que, quelques jours après, il allait tomber sous les coups du chevalier d'Albret dans un duel stupide pour les beaux yeux de Mme de Gondran.

Elle eut le courage de regarder Renaud dansant avec sa mère. Dieu, qu'il lui parut fat, compassé ! Qu'était devenu son beau cavalier ? Elle ne voyait plus, dans cette salle éclairée d'innombrables bougies, ornée des raffinements de l'époque, qu'un homme satisfait, sûr désormais de sa fortune. Oui, de la fortune de sa mère... Il pouvait maintenant, lui le chevalier, le cadet pauvre des Sévigné, se permettre d'ignorer les mépris de son cousin, Henri, l'époux de Marie. Il n'avait rien à lui envier. Il avait une femme riche.

La phrase d'Henri faisait son chemin dans la tête de Madeleine. Elle aussi était riche. Orget, le notaire ami de son père, s'occupait de ses intérêts d'orpheline. Un triste après-midi de décembre, il était venu dans leur maison, rue de Vaugirard, avec ses acolytes. Elle était là avec sa mère et Renaud. Mais elle s'était désintéressée de leur conversation.

Une seule pensée, rageuse, l'occupait : pour signer les actes notariés, le couple détesté avait envahi la bibliothèque de son père. Ils n'en avaient pas le droit, ils violaient le saint des saints, la retraite de son idole, ils abîmaient le lieu et les souvenirs de la complicité partagée du père et de la fille.

Maintenant l'adolescente comprenait qu'Orget avait veillé sur son bien. Elle était désormais une riche héritière. À quoi bon se révolter plus longtemps contre le remariage de sa mère ? Puisqu'il fallait vivre sans Renaud, autant vivre dans la facilité et le plaisir. L'argent y aiderait. Autant en profiter.

Il suffisait de voir l'attitude des danseurs ce soir.

Elle existait enfin pour eux. C'était elle désormais qui mettrait les soupirants à ses pieds, qui les choisirait ou les rejetterait, qui les ferait souffrir. Jamais plus un homme ne lui infligerait de honte ni de mépris.

« Quel prodige, cette petite ! Voyez comme elle change de visage ! fit remarquer Mme de Brégy à sa voisine en désignant Madeleine. Tout à l'heure elle était comme une âme en peine, on la dirait maintenant prête à conquérir le monde ! »

La fine comtesse devinait juste. Revenue dans sa chambre, Madeleine n'imaginait que revanche et conquête. Elle s'approcha tout de suite d'un coffret de calambour posé sur sa table. Elle l'ouvrit et avisa une superbe paire de pendants d'oreilles en or, garnis d'un cercle de petits diamants et au centre d'un magnifique rubis. Les bijoux venaient de sa grand-mère paternelle et attendaient là, depuis le partage, le bon vouloir de leur jeune propriétaire.

Madeleine, en se préparant pour la fête à l'hôtel de Schomberg, les avait négligés. Toute à sa vanité, à son désir d'afficher sa richesse, elle décida qu'à son prochain bal, elle les porterait.

3

La porte de la rue Férou

La nouvelle Mme de Sévigné, « Sévigné-la-vieille », comme on l'appela aussitôt par opposition à sa jeune cousine Marie, entendait montrer son fringant époux à ses relations. Marc de La Vergne était un homme d'études, pas un mondain. Isabelle avait du temps à rattraper.

Renaud s'y prêta de bonne grâce. Que pouvait-il refuser à cette femme qui l'avait avantagé dans leur contrat de mariage avec tant d'application ? Dire qu'il ne pouvait se prévaloir lui-même que de la possession d'une petite bastide en Provence sur le maigre terroir de La Mousse, près de Salon.

On se mit donc à recevoir beaucoup dans la maison de la rue de Vaugirard. Elle était échue, avec sa jumelle située à l'autre angle des rues de Vaugirard et Férou, à Mme de Sévigné, tandis que Madeleine s'était vu octroyer la première maison des La Vergne, et une autre grande maison avec cour et jardin, toujours rue Férou, louée au nonce du pape. Les deux femmes avaient hérité chacune d'un gros paquet de rentes.

Pour l'instant la jeune fille habitait chez sa mère. La cohabitation ne lui pesait pas. Son orgueil avait tué son chagrin. Désormais, elle ne voulait plus voir Sévigné comme un objet d'amour mais comme son beau-père.

Elle allait profiter des agréments de la société. Le salon de sa mère ne désemplissait pas. Soit. Elle y brillerait. Devant Renaud, quelle subtile revanche ! Malgré la culture solide acquise grâce à son père, elle ne voulut pas se risquer d'abord dans des joutes intellectuelles compliquées. Elle apprendrait peu à peu, en écoutant, l'art de la conversation. Le temps jouait en sa faveur.

Ses dix-sept ans, pour l'heure, résistaient mal aux jeux coquins, et inconnus pour elle, de ses nouvelles amies, ses voisines. En effet on loua la première maison de la rue Férou à la veuve du gros Charles de La Loupe, de la famille d'Angennes. Ses filles, Catherine, de l'âge de Madeleine, mais déjà fort délurée, et Marion, sa cadette, exercèrent d'emblée sur la jeune La Vergne un grand ascendant.

Elle, la fille unique, écoutait avec passion l'aînée des deux sœurs découvrir les mille délices de l'amour, les pièges et les astuces du plaisir. Les yeux brillants, l'esprit vif et plaisant, la gorge bien faite et le teint admirable de Catherine attiraient sur elle l'attention dans les salons. Malgré son air modeste à lui donner le bon Dieu sans confession, elle ne s'en offusquait pas. Au contraire. Elle prenait plaisir à plaire et à raconter ensuite qu'elle plaisait.

La première fois que Madeleine assista à une leçon de cette curieuse « école des filles », elle sentit à plusieurs reprises la rougeur envahir son cou et ses joues. Certes, elle n'était point ignorante comme une Agnès. Son père, à travers son enseignement des sciences de la nature, lui avait révélé les mécanismes de la vie ou de l'accouplement des êtres.

Mais ce n'était pas la même chose de disserter, en plein Paris, sur la reproduction des grenouilles ou des chevaux, et d'entendre de la bouche mignonne de Catherine la meilleure façon de manier « la lance d'amour ». Quant aux romans de Mlle de Scudéry que Madeleine avait lus, elle n'y avait trouvé qu'« anatomie du cœur » et hyperboles délicates. Rien qui ressemblât à une description du plaisir que pouvaient dispenser « les conduits de la pudeur ». Comme on disait alors joliment !

Grande fut donc sa curiosité puis sa stupéfaction en écoutant Catherine expliquer ce jour-là les quatre sortes de baisers, dont le plus suave, celui de la langue, et les bonheurs de la main, « agissant partout, farfouillant, faisant entr'ouvrir les deux lèvres de nature avec des émotions vives et ardentes ».

« Si vous saviez quel plaisir c'est quand un corps nu se vautre sur un autre et que les bras, les jambes, les cuisses sont entrelacés les uns parmi les autres d'une douce étreinte, à la façon des anguilles, vous ne voudriez jamais faire autre chose. »

Et de décrire pour les deux filles attentives ses expériences, les moments délicieux dérobés pendant un bal, les audaces de Vardes, se mettant à l'écart des danseurs comme pour se reposer, puis attirant sur ses genoux Catherine et la caressant sans désemparer par la fente de son cotillon. Ou l'ardeur du jeune et gros Vivonne à la chevaucher, « se délectant à entrer et sortir. Cela faisait un bruit, mes belles, comme les boulangers qui enfoncent leur poing dedans la pâte et le retirent soudain ».

Madeleine en frémissait. Il y avait loin, sentait-elle, de ces postures et de ces jouissances au sentiment extatique et muet qu'elle avait eu pour Renaud. Toute à sa rancœur et son humiliation récentes, elle n'envisageait pas, pour le moment, de s'adonner à ces jeux avec des hommes. Ils la rebutaient trop. À ce prix, les polissonneries ne la tentaient pas. Elle se contentait de son propre corps, de ses douces caresses et de ses langueurs. Mais elle voulait savoir. Les histoires lestes de Catherine enflammaient son imagination et la faisaient rêver. Elle ne s'en lassait pas.

Ce commerce des adolescentes devint si assidu et si exquis que, sous prétexte de leçons de luth communes, on fit percer une porte entre leurs deux maisons. Sans cesse passaient-elles de l'une à l'autre.

Dans le même temps, la maison jumelle de la rue de Vaugirard fut louée à la famille de Philippe de La Trémoille. Le fils, Louis, vingt-cinq ans, comte d'Olonne, et déjà fameux débauché, vit avec satisfaction, de l'autre côté de la rue, ce trio de demoiselles. Une galerie aérienne, aménagée par La Vergne, enjambait la rue Férou et reliait les propriétés jumelles.

« Puis-je emprunter cette galerie, mademoiselle ? » demanda Olonne à Madeleine un jour qu'il était venu lui faire une visite cérémonieuse, en passant par la grande porte de la rue de Vaugirard.

« Pourquoi pas ? Mon père avait voulu reproduire le modèle d'une galerie de Venise. Autant qu'elle serve. »

Fort de l'acceptation de la jeune fille et de l'indifférence de sa mère, Olonne ne se priva pas désormais d'atterrir à tout bout de champ chez elle. Il ne s'y attardait pourtant pas et filait en cachette par la porte de communication chez l'aguichante Catherine, sa voisine. La porte, petite, était dissimulée de chaque côté dans une peinture murale. Hasard malicieux ? elle représentait ici une scène de chasse, là une apothéose de Vénus.

Bientôt, Olonne n'arriva plus seul. Louis, duc de Brissac, cousin germain de Retz, le coadjuteur de l'archevêque de Paris, l'accompagnait. Du même âge qu'Olonne, aussi coureur, il pouvait inscrire à son tableau de chasse l'amour de la célèbre Marion de Lorme. Il avait même tant dépensé pour elle que sa femme avait obtenu récemment une séparation de biens.

L'odeur de chair fraîche, la commodité discrète des passages entre les trois maisons, les bonnes relations de Brissac avec Renaud de Sévigné, tous deux attachés en politique au parti de Retz, tout contribua à multiplier les visites du duc dans ce quartier alléchant.

Mais lui, ne passait pas la porte secrète. Pressant, expérimenté, il demeurait auprès de Madeleine. Courtisée par un homme marié, avait-elle encore tiré le mauvais numéro, alors que sa voisine, à force d'intrigues et de coquetteries, allait devenir bientôt comtesse d'Olonne ?

En tout cas, Mlle de La Vergne, « grande fille fort jolie », comme on la nommait dans les salons, prenait plaisir à ces assiduités. Elle ne mettait pas en pratique les leçons d'amour de son amie Catherine, mais se délectait des mots d'amour que Brissac lui débitait. Elle en oubliait ses chagrins de fillette. Son beau-père se désintéressait d'elle. Tant mieux, elle n'en était que plus libre. Sa mère n'était occupée que de son jeune mari, de ses mondanités... et du manteau de taffetas feu, or et argent qu'elle se faisait faire pour l'arrivée du printemps.

« Bien, bien, ma fille, vous vous divertissez. C'est de votre âge. Allez maintenant, je vais recevoir la duchesse de Lesdiguières, la cousine de Retz. Il en sera ravi. Il l'aime tendrement. C'est un honneur pour moi. »

Le défilé des galants ne s'arrêta pas là. Le suivant était fort distrait. On lui mit un jour par plaisanterie une tête de perdrix dans son assiette. Il la porta à sa bouche sans regarder et y planta les dents. Les plumes lui sortirent de tous les côtés...

Myope, mal fait, rabougri et maladroit, le teint basané, il était porté aux choses de l'amour. Surpris dans sa chambre avec sa maîtresse par des gens armés envoyés par le mari jaloux pour le faire assassiner, le coadjuteur de Retz — c'était lui — afficha une grande force d'âme. Il se leva de son lit, vérifia que la porte était verrouillée et retourna caresser la belle. Tout récemment, en décembre, racontait le gazetier Loret, il s'était affiché avec la jeune Chevreuse dans un Tricotet, une danse très leste. Brissac ne pouvait lui laisser ignorer l'existence de la porte secrète de la rue Férou.

« La petite Catherine m'intéresse, confia-t-il au duc. Je l'ai vue chez ma cousine Lesdiguières. Elle me semble précieuse par son air et sa modestie. Quelle aubaine ce sera de découvrir ce feu caché ! »

Quelques jours plus tard, il racontait la suite à Brissac.

« Sans hésiter, je suis allé trouver Sévigné-la-vieille. Je fréquente fort son salon. Son mari a grand attachement pour moi. Je lui demandai tout de go de passer à mon gré de sa maison chez Mme de La Loupe. Comme elle fait parfois la mine d'une prude, j'entrai dans son jeu. "Je ne souhaite, madame, que me procurer une bonne et sainte amitié avec cette enfant, Catherine, votre voisine. Et la commodité du passage avec sa maison empêchera que l'on jase jamais."

« Mes protestations d'honnêteté firent leur effet, et aussi quelque promesse vague pour l'avenir de son mari que je lui fis miroiter. Cela ne me coûtait guère. Moyennant quoi cette femme intéressée et vaniteuse se montra décidée à fermer les yeux sur toutes mes allées et venues. »

Point de rivalité entre les compères. Si Retz avait la curiosité de franchir la porte diabolique et convoitait Catherine, il voulut s'attarder aussi chez la discrète Madeleine. Et pendant quelque temps, ce fut une belle sarabande des trois galants entre les trois demeures. Galanteries, mots doux, folies, cadeaux, chacun avait sa manière. Et les trois demoiselles avaient la leur.

Catherine, et Marion à sa suite, commençaient la carrière galante dans laquelle elles allaient s'illustrer. Madeleine, malgré l'ambiguïté de la situation, ne s'abandonnait pas. Elle s'amusait. Elle remarquait les manœuvres des amoureux et le piquant de leurs attitudes.

Quelle surprise de voir l'homme d'Église, si beau parleur, perdre son assurance au point de bredouiller devant une fille, et au contraire d'entendre Olonne, le sot, lui tourner de beaux compliments ! Elle ne se risquerait pas, de longtemps, à faire confiance à un homme, mais elle riait de découvrir les jeux et les perversions de l'amour.

En société, cela lui donnait une nouvelle assurance. Elle se savait désirable et méprisait les misérables artifices de sa mère pour séduire un époux. Pour elle, elle n'avait qu'à paraître, ses cheveux épais souplement bouclés, un sourire très doux sur les lèvres, un col sage et blanc rabattu sur son décolleté prometteur. Les hommes étaient à ses pieds. Elle était maintenant sûre de sa séduction, donc elle séduisait.

Cependant les ragots allaient bon train. Le mystère de la fameuse porte était éventé. On murmurait que la serrure se cachait d'un côté dans le haut-de-chausses du chasseur, de l'autre dans le drapé chaste d'un petit Amour. Du coup, Madeleine passait de rang d'inconnue à celui de jeune fille à séduire, d'héritière à la mode. Pour un rien Loret la nommait dans sa gazette. Pour un rien on la mettait sur la liste des épouses possibles pour de vieux maréchaux ou de jeunes nobles endettés.

Elle en devenait provocante. À Roquelaure, celui qui avait au bal remarqué le premier l'adolescente gauche mais riche, elle ne craignait plus d'adresser la parole.

Un soir qu'il se plaçait ostensiblement à ses côtés, elle l'attaqua plaisamment. Comme elle ressemblait beaucoup à Mme de Lesdiguières qui avait été sa maîtresse, Madeleine lui lança : « Monsieur, prenez garde à la ressemblance ! » Et elle s'enfuit en riant.

Mais elle ne donnait pas suite à ses provocations. C'était le temps où le comte de Bussy-Rabutin comparait, en se moquant, les dames de qualité à des places fortes à prendre. Il décrivait La Vergne comme une ville « fort jolie que le duc de Brissac aurait souhaité prendre, et comme une ville peut-être fort dévote, puisqu'un célèbre prélat la guignait aussi »... Pour le moment, la place forte était inviolée.

4

Réception à Vaugirard

« Jeudi prochain, Mlle de Scudéry nous fait l'honneur d'une visite, annonça Mme de Sévigné. Je veux que vous y soyez, ma fille.

— Oui, ma mère. »

Et plutôt deux fois qu'une, pensa Madeleine. Ce serait un spectacle que l'arrivée de « la » Scudéry rue de Vaugirard. Elle ne voulait le manquer pour rien au monde. La célèbre romancière, dont l'ouvrage, *Le Grand Cyrus*, atteignait depuis deux ans des records de vente, enchantait ses lecteurs en racontant des exploits héroïques mêlés à des conversations galantes et à des aventures amoureuses. Déjà plusieurs tomes étaient parus, un tous les six mois, régulièrement. Madeleine en était friande et, comme beaucoup, s'impatientait de connaître la suite.

La jeune fille était curieuse de voir la foule d'admirateurs, de flagorneurs, d'écrivaillons avides d'être reconnus, de gentilshommes se piquant de littérature que la Scudéry traînait inévitablement après elle. Quelques amies sincères l'entouraient aussi, car elle était d'un naturel compatissant, d'un bon sens auquel les cœurs blessés faisaient volontiers appel. Et d'une grande patience.

Il lui en faut pour supporter son frère Georges ! se disait Madeleine. Vantard comme il n'était pas permis, même à l'époque où le panache était de rigueur parmi les militaires, d'une prétention qui n'égalait que sa grande pauvreté, il s'était montré outrageusement fier d'être, à plus de quarante ans, gouverneur du petit fort de Notre-Dame de La Garde, à Marseille.

Il avait en fait abandonné le métier des armes vers la trentaine pour se consacrer aux lettres, et la siné-cure de Marseille lui permit pendant trois ans d'écrire à son aise les vers fades dont il était prodigue. À son retour il sentit le vent, délaissa le théâtre où il avait eu naguère quelque succès et se tourna vers les romans. Ce fut sa sœur qui les lui écrivit.

Madeleine le savait. Ce n'était un secret pour personne. Il signait, s'occupait de lancer les ouvrages tandis que Mlle de Scudéry noircissait des pages et des pages. Elle adorait cela et vivait à travers ses héros les amours et les aventures qu'elle ne connaîtrait jamais.

Dès son retour à Paris, elle s'est jetée dans cette rage d'écrire. À quarante ans ! Pourquoi ? se demandait Madeleine. Pas seulement pour obéir à son frère. Étaient-ce son exil marseillais, la beauté exceptionnelle des paysages qu'elle y avait vus, l'air de la mer et le pittoresque du port qui avaient fouetté son imagination à ce point ? Ce devait être extraordinaire d'écrire des romans, d'inventer des personnages, des situations, d'y mêler ses souvenirs et ses sensations.

La jeune fille surveillait sa montre, délicatement insérée dans un petit coffret rond de porcelaine peinte, un cadeau de son père pour ses douze ans et qui ne bougeait pas de sa chambre. La romancière n'allait pas tarder.

Réception à Vaugirard

Bizarre, pour la Scudéry de ne pas écrire sous son nom. Cette collaboration truquée avec son frère ne la gêne apparemment pas. Elle continue, dit-on, d'habiter avec lui rue de Beaune. Peu lui importe que son nom ne figure pas sur la couverture des volumes. Au début, peut-être même a-t-elle préféré cacher qu'elle en était l'auteur. Publier des livres, les vendre, on prétend que c'est indigne d'une femme bien née... Mais puisque les plaisirs de la gloire lui sont venus malgré elle, autant s'en saisir. N'empêche, quelle drôle de carrière !

L'heure tournait, Madeleine n'y tint plus, elle sortit de la maison. Une longue file de carrosses encombrait la rue de Vaugirard, ce jeudi-là. On attendait la reine du feuilleton, peintre en vogue des héros parfaits et des parfaits amants. Dévorée de curiosité, Madeleine se mêla à la foule des badauds pour mieux voir.

Bientôt, elle vit. Une grande femme vêtue d'une encombrante toilette jaune qui tentait désespérément de sortir de son carrosse. L'aigrette volumineuse qui surmontait ses boucles brunes s'était coincée dans le haut de la portière et l'empêchait de descendre. Madeleine ne put se retenir de rire et se sauva en courant dans la maison.

Dans la grande salle, un peu plus tard, redevenue sérieuse, elle saluait Mlle de Scudéry, à qui sa mère la présentait. La femme de lettres se montra particulièrement aimable envers la jeune fille. Elle avait connu Marc de La Vergne. Il avait même écrit un billet de recommandation pour elle à la nièce de Richelieu, tandis qu'elle se morfondait à Marseille et briguait un emploi de gouvernante auprès des nièces du cardinal.

Voilà donc cette illustre romancière, se disait Madeleine. Comme je voudrais avoir un jour un succès pareil ! Mais, mon Dieu, qu'elle m'a paru ridicule tout à l'heure, et qu'elle est laide !

En effet un nez immense et bosselé déparait son

visage. Des sourcils épais et allongés barraient un front étroit. Le double menton, le port de tête impérieux, le cou écrasé n'arrangeaient rien. À cette laideur, les malveillants trouvaient de quoi dire. Le parfait amour que l'on filait dans ses romans-feuilletons, elle ne saurait jamais l'atteindre. Elle avait beau jeu de faire fi de tout attachement pour les hommes, c'étaient les hommes qui ne voulaient pas d'elle...

Vite dit. En réalité, méfiante envers toute espèce de lien amoureux, elle tâchait d'échapper à la domination masculine. Même son frère, qui lui volait son travail, elle le dominait par sa réussite littéraire. Et Madeleine, blessée par le mépris de Renaud, commençait à comprendre pourquoi certaines femmes de qualité, à l'exemple de la Scudéry, se refusaient ostensiblement à l'amour. Cet après-midi-là, dans le salon de la rue de Vaugirard, elle n'avait qu'à regarder autour d'elle pour en voir. Si elles affichaient leur indépendance vis-à-vis des hommes, ce n'était pas toujours à cause de leur laideur.

Mme de Brégy avait été jolie et le restait. Au mépris des convenances, elle avait eu son premier enfant hors mariage. Une fois mariée, elle ne supporta plus les grossesses incessantes que son époux lui infligeait. Elle ne s'intéressait qu'aux questions d'amour, théoriques bien sûr, et projetait d'écrire une « Réflexion de la lune sur les hommes ».

La maréchale de Schomberg, quand elle était Marie de Hautefort, une ravissante suivante de la reine, avait longtemps envoûté Louis XIII avec ses yeux bleus mais ne lui avait jamais cédé. Peut-être n'y eût-elle guère de mal. On savait les goûts du roi...

Et si Julie de Montausier, fille de la célèbre marquise de Rambouillet, accompagnait son époux dans tous les coins de province où l'appelaient ses fonctions, elle avait obligé le malheureux duc à lui faire la cour pendant plus de dix ans. Encore ne se décida-t-elle au mariage que devant la beauté de *la Guirlande de Julie*, un manuscrit de poèmes à sa gloire qu'accompagnait la calligraphie délicate et colorée de plus de deux douzaines de fleurs vantant sa beauté. Une fois décidée, elle fit attendre le duc quatre ans encore.

Madeleine s'interrogeait en voyant ces femmes si conscientes du prix de leur corps, si réticentes à l'abandonner au premier venu, se piquant exclusivement des choses de l'esprit, des « précieuses », quoi, comme les appelaient déjà leurs détracteurs méprisants et conservateurs. Leur ressemblerait-elle ? Elle se savait belle mais n'avait pas envie de se donner à un homme. Sa rancune contre Sévigné était trop tenace. Elle se savait intelligente. Saurait-elle le montrer ? Parviendrait-elle à la gloire de la Scudéry ?

Elle les regardait admirer un tableau de fleurs nouvellement accroché au mur de la grande salle. Depuis le succès de la *Guirlande*, il était de bon ton de posséder ce genre de toiles. On pouvait même montrer sa finesse intellectuelle en dénichant dans les fleurs du bouquet quelque signification symbolique.

Isabelle de Sévigné avait choisi une peinture hollandaise : une corbeille d'osier assez plate, d'où débordaient des pivoines rouges — aveux passionnés —, plusieurs tulipes feu et or — messagères d'amour puisqu'on peut glisser dans leur calice profond un billet doux —, de grosses roses blanches — tendresse — et du jasmin. L'amour, l'amour. Normal chez la nouvelle épousée.

À gauche, sur la table, pomme, pêche, prune noire et abricots ne soulignaient-ils pas la richesse du ménage ? Et à droite, très à l'écart, le papillon noir aux ailes finement rayées d'orange et de rose, immobile dans son coin, attentif à regarder l'éclatant bouquet, n'était-ce pas la brune et discrète Madeleine ? Mais la veuve remariée n'aurait pas apprécié qu'on l'assimilât, elle, au lys tombé de la corbeille, gisant au premier plan, et dont les pétales déjà marbrés se desséchaient...

Élisabeth du Plessis-Guénégaud calculait qu'il lui faudrait un tableau de fleurs, de ce style, pour un de ses salons. Elle du moins n'écrivait pas. Elle se contentait de juger les gens de lettres et de les recevoir, à la perfection, dans ce qu'ils appelaient le « palais enchanté », son château de Fresnes, sur la Marne.

« Cette Sévigné-la-vieille ne me plaît guère, murmura-t-elle à la petite Béthune. Il faut avouer qu'elle a bien choisi son tableau. Vivement que revienne de sa Bretagne sa cousine Marie. Qu'on puisse s'amuser intelligemment ! »

À les voir bourdonnantes, occupées à se raconter leurs dernières trouvailles et leurs bons mots, Madeleine se sentait exclue. Tout à coup, elle les vit se tourner avec curiosité l'une après l'autre vers la porte de la salle. Pourquoi cet empressement ? c'était un homme qui entrait...

Oui, mais pas n'importe lequel, la coqueluche de ces dames, un abbé encore jeune, au teint pâle, aux cheveux bouclés châtain foncé, les yeux sombres, incisifs et caressants à la fois. Sur son habit noir et strict, il portait un rabat blanc, et non le col orné de pierreries des gentilshommes à la mode.

« Voici Gilles Ménage, le protégé de Retz, annonça Mme de Schomberg. C'est un savant. Il loge auprès du coadjuteur, au Petit-Archevêché, et...

— Et il fait partie de l'Académie de Florence. Il a déjà publié maints ouvrages de grammaire, quelques recueils de vers, nous le savons », la coupa Élisabeth du Plessis-Guénégaud.

Elles parlaient toutes à la fois.

« Il sait si bien faire rire, rétorqua une petite personne réjouie, qui avait l'air égarée parmi ces femmes savantes.

— Il est un peu provençal, je crois, et les Provençaux sont réputés ennuyeux et emportés.

— Abbé, oui, mais il n'a pas fait vœu de chasteté, murmura une autre admiratrice, songeuse et gourmande. Il adore la compagnie des jolies dames. »

Elles étaient intarissables sur le bel arrivant. Madeleine comprenait leur intérêt. Ménage était séduisant. C'était donc lui, que l'on surnommait le plus pédant des galants et le plus galant des pédants ! Il avait fort bien remarqué, en entrant, l'adolescente vêtue de blanc, au maintien encore un peu embarrassé, aux yeux immenses et pétillants, mais, en auteur connu et consciencieux, il s'avança vers le groupe de femmes, son public.

Il s'intéressa au tableau de fleurs dont elles paraissaient se délecter. Puis, vaniteux comme un écrivain, il ramena habilement la conversation à ses propres œuvres et parla de Ménalque, le héros de l'un de ses poèmes, un jardinier. Il sait, commença-t-il à réciter, « Former des espaliers, dresser des palissades... » Et Madeleine, se détachant du groupe, continua, rougissante : « Joindre à l'or des citrons les rubis des grenades. »

Stupeur générale. La petite connaissait le poème ? Par cœur ? Du coup, le groupe s'intéressait à elle. Ménage était aux anges. L'adolescente avait retenu ses vers.

Des vers fort bien tournés, se dit-il. Beau balancement, contraste du jaune et du rouge, images qui parlent aux yeux... Peut-être y aurait-il profit à instruire cette petite, comme je le fais pour Marie de Sévigné et son amie La Châtre. Elle leur ressemble par l'esprit. Elle m'a cité. Et puis, qu'elle est jeune !

La timide Madeleine s'était lancée. Son père lui

avait fait lire, avec d'autres, le poème de Ménage. Un tout petit livre mais qui avait séduit l'adolescente. Grâce au jardinier Ménalque, parmi ces femmes d'esprit bavardes, ses aînées, qui prisaient avant tout l'art de se distinguer des autres, la jeune fille avait produit son effet. Ménage ne l'oublierait pas.

5

La Visitation de Chaillot

Qui fut fort dépitée en rentrant de Bretagne ? Marie de Sévigné. Elle était revenue à Paris dès l'annonce du décès de son mari — trop tard pour les funérailles. N'ayant plus de logement dans la capitale, elle descendit rue d'Orléans, à l'hôtel de Retz, la demeure du duc, frère aîné du coadjuteur et son parent. Vite consolée, elle s'enquit des nouvelles de son petit monde et s'aperçut dès sa première rencontre avec Ménage de l'admiration débordante de celui-ci pour Madeleine de La Vergne.

Cela la contraria, plus encore que les menaces de reprise de la Fronde et que les intrigues et volte-face de Retz. Elle savait Ménage, le bel abbé, volage et ne s'inquiétait pas de ses possibles liaisons. Mais l'intimité de pensée avec Gilles, elle y tenait. Or il lui fallait se rendre à l'évidence. La place était prise. Ménage n'avait pas eu besoin de beaucoup de rencontres pour apprécier Madeleine. Il avait trouvé une nouvelle interlocutrice, jeune et jolie, avec qui méditer sur le néologisme « prosateur », calqué sur l'italien, ou radoter sans fin sur l'étymologie du mot « corbillard »...

Avec son robuste optimisme, Marie décida de prendre l'affaire à la légère. Elle ne voulait pas donner l'impression d'être jalouse d'une adolescente, de huit ans sa cadette. Sa réputation d'esprit était connue de tous. Gilles se lasserait vite d'une ignorante que personne, à sa connaissance, n'avait instruite et qui n'avait même pas fréquenté un couvent pour jeunes filles du monde.

Un couvent de ce genre, Marie allait lui en faire découvrir un, à la petite sotte. Pas n'importe lequel. Celui de la Visitation de Chaillot. Sa grand-mère, Jeanne de Chantal, avait fondé sous l'impulsion de François de Sales l'ordre des Visitandines, et depuis dix ans qu'elle était morte, les établissements religieux de la Visitation continuaient de fleurir partout en France.

Ces religieuses contemplatives accueillaient habituellement des pensionnaires que l'on formait saintement mais souvent aussi, intellectuellement. Trois couvents déjà à Paris. Le quatrième, sur la colline de Chaillot, allait être inauguré fin juin. Marie, retenue alors à Livry par son oncle, ne pourrait y être. Que Madeleine aille donc à l'inauguration avec sa mère. Cela lui ferait le plus grand bien.

Ainsi fut fait. Renaud, que son épouse tenait toujours à montrer, même dans les manifestations pieuses, accompagna les deux femmes. Madeleine ne s'attendait pas à pareille cérémonie. Elle en fut bouleversée. Son père ne croyait qu'en la science, sa mère ne croyait qu'en elle-même. L'adolescente n'avait connu du catholicisme que des pratiques de commande et des messes plus ou moins bâclées. La ferveur de Chaillot la surprit et l'envoûta.

Elle fut sensible aux chants admirables, à la solennité des gestes, au recueillement des officiants, aux morceaux d'orgue interprétés par Du Mont, l'organiste attitré de Saint-Paul qui avait accepté de venir jouer pour l'occasion, aux processions d'entrée et de sortie des religieuses habillées de noir, voilées de noir, éclairées seulement par la blancheur de leur rabat carré.

Sa mère tenta de la distraire de sa contemplation.

« Vous rendez-vous compte, ma fille, que la reine Anne d'Autriche est là en personne pour accompagner sa belle-sœur, la reine d'Angleterre, la fondatrice du couvent. Pauvre reine Henriette ! Comme elle a l'air triste et mal portante ! Ce n'est pas rien d'avoir perdu son trône. Et son époux décapité par le peuple de Londres... On m'a dit qu'elle offre aux visitandines les bougeoirs de cristal et le parement d'autel brodé d'or. Les voilà. Peu de chose, mais la malheureuse ne vit que de la charité d'Anne d'Autriche.

— Voyez donc, ma chère, dit Renaud à Madeleine, cette adorable petite fille. C'est Henriette d'Angleterre, la dernière née des malheureux Stuart. Elle va vivre au couvent avec sa mère. À défaut de dot, elle y recevra une bonne éducation. »

De loin, l'enfant de sept ans donna à Madeleine une impression de fragilité, de légèreté et de grâce. Dieu, qu'elle aimerait la revoir ! se dit-elle.

Cependant la cérémonie se terminait. Au parloir, la supérieure, la mère Lhuillier, recevait par exception les félicitations et les vœux chaleureux des gens du monde. Les Sévigné suivirent la foule et s'avancèrent vers elle, portant avec les leurs les compliments de Marie.

Peu à peu, dans la cohue bruissante de gens qu'elle côtoyait tous les jours, l'enthousiasme de Madeleine tombait. Elle avait hâte de rentrer et de se remémorer, dans sa chambre, la musique, les visages, les cortèges pieux qui l'avaient exaltée.

Soudain une visitandine rejoignit la mère Lhuillier. « Ma collaboratrice, Louise de La Fayette, sœur Louise de la Miséricorde. »

La curiosité effaça aussitôt l'ennui naissant de Madeleine. Elle se mit à dévorer des yeux cette femme de trente-cinq ans, née d'une prestigieuse famille d'Auvergne, ancienne fille d'honneur d'Anne d'Autriche, la seule avec Marie de Hautefort à avoir jadis touché le cœur de Louis XIII, et qui, devenue visitandine, avait reçu régulièrement la visite du roi au couvent de la rue Saint-Antoine, derrière les grilles de la clôture. Sa position enviée, son intelligence, sa piété et son désir de fuir le monde avaient fait grand bruit. Là, dans le parloir de Chaillot, une paisible joie intérieure éclairait son visage. Elle s'adressa avec bienveillance à la jeune fille. À ce moment, celle-ci aurait donné tout au monde pour être son amie.

Elle quitta Chaillot le cœur en ébullition. Ses dix-sept ans la rendaient instable et vulnérable, comme un papillon pris au filet. Elle se heurtait aux vieilles cicatrices, douleur de son père disparu, rage de son espoir déçu. Et puis la riche héritière retrouvait les histoires lestes de ses voisines, le tourbillon des marquis, la société des gens de lettres, les folles espérances. Où était le meilleur ? Une fois de plus elle s'interrogeait sur son avenir.

Et ce Gilles Ménage, cet esprit indépendant qui venait de se fermer les portes de l'Académie française en publiant une amusante et cruelle satire contre elle, celui dont tous, mondains et doctes, recherchaient la compagnie, voilà qu'il ne la quittait plus. Que voulait-il ?

Un matin où elle devait rester immobile pendant que le célèbre peintre Beaubrun faisait son portrait, Madeleine eut envie de l'éloigner, de le chasser comme un valet. Son empressement l'agaçait. Son érudition lui donnait des fous rires. Ne s'était-il pas embarqué dans la recherche désespérée de l'étymologie du mot brocanteur, un mot qui avait vu le jour sans qu'il y fût pour quelque chose ? Et il était venu passer trois heures auprès d'elle pour lui confier ses incertitudes linguistiques. Boudeuse, elle pensa qu'il aurait pu trouver mieux pour la distraire. Au diable ce savantas ! Elle le rabroua avec vivacité. Il ne broncha pas.

Quelques jours plus tard, une animation fébrile agitait les habitués du salon de Vaugirard. Ils aimaient consommer toutes chaudes les productions littéraires de Ménage, leur auteur favori, et s'apprêtaient à découvrir le dernier de ses manuscrits.

C'étaient quarante-six vers enthousiastes sur la nouvelle égérie du poète — que tous avaient devinée — sa jeunesse, les beaux soleils de ses yeux, ses seins de neige, ses mains destinées à tracer les lignes les plus admirables, son esprit angélique. On ne pouvait s'y tromper... « Elle a ce que l'Olympe a de plus précieux. » Et le railleur impénitent avait même préparé la raillerie finale à mettre sous le tableau, récemment achevé, de Madeleine : « Ce portrait ressemble à la belle. Il est insensible comme elle. »

Madeleine ne savait quelle contenance prendre. Cette cour incessante, ces compliments exagérés l'importunaient. Sa timidité en était gênée. Sa rancune envers les hommes n'en était pas diminuée. Soudain, elle vit la tête que faisait, dans son coin, Marie de Sévigné, furieuse, jalouse que « la jeune Amaranthe » (Madeleine) ait supplanté « l'aimable Uranie » (elle-même) dans le cœur, pis, dans les poèmes du célèbre Gilles.

Elle sentit alors tout le prix d'être préférée à la spirituelle marquise, unanimement vantée pour sa conversation et ses reparties. La vanité fit ce que l'amitié ne pouvait faire. Elle eut un charmant sourire pour son admirateur.

Tout le début de l'été, il s'incrusta dans le quartier Saint-Sulpice, pourtant fort éloigné de son logement. Alors Marie céda. Inutile de bouder, de refuser de voir ses cousins Sévigné. Elle continua à venir chez eux. Elle ne savait pas, la malheureuse, combien d'oiseaux charmeurs, de pieds mignons, de lilas en fleurs, de dons divins, d'appas touchants, consacrés au printemps de l'adolescente par le bavard quadragénaire, elle allait devoir l'entendre réciter.

Le solide bon sens de Marie ne la mettait pas à l'abri de cette rivalité de femmes et ne la guérissait ni de sa déception ni de « la furieuse glace » de son ami. Sur le point de repartir en Bretagne pour y régler la succession de son mari, elle s'emporta contre Ménage qui lui refusait une visite d'un quart d'heure et le menaça d'aller chez lui pour voir s'il aurait l'audace de lui fermer sa porte.

Quand elle l'apprit, Madeleine fut envahie d'une bouffée de vanité délicieuse. Comme il la traitait différemment ! Quelle revanche sur son humiliation passée ! Quelle victoire sur Marie !

La cérémonie à Chaillot avait ému Madeleine. Pas au point cependant de la remplir de charité chrétienne...

6

L'hôtel de Condé

De plus en plus la violence envahissait le quartier, tout près de la maison de Madeleine. Ce n'était pas un hasard. Gaston d'Orléans, oncle du jeune roi, habitait le Luxembourg, le palais hérité de sa mère. Il était au centre des intrigues de la Fronde, cette grave crise intérieure qui cristallisait les mécontentements de chacun. Et les allées et venues incessantes de ses partisans, les mouvements de la foule souvent hostile créaient une agitation continuelle.

La fin de la « vieille Fronde », celle des parlementaires, avait apporté un peu de calme, mais avec le retour de Condé, Conti et Longueville, la fuite de Mazarin, et la nouvelle Fronde, celle des princes, au début de 1651, les désordres renaissaient de plus belle.

Justement, face au palais du Luxembourg, du même côté de la rue de Vaugirard que la demeure des Sévigné, à quelques centaines de mètres d'elle, s'élevait l'hôtel de Condé.

Avant la Fronde, le vainqueur de Rocroi, aussi débauché et laid que courageux, y menait joyeuse vie avec ses meutes de libertins, sa « cabale garçaillère », comme on disait. À tout moment, on buvait, on chantait, les violons résonnaient. La nuit, des gens en masques se promenaient bruyamment dans le parc, parcouru parfois de tant de flambeaux que leur éclat illuminait même les rues avoisinantes.

Depuis le retour glorieux de Condé, les désordres étaient d'une autre nature. « Monsieur le Prince » parut d'abord comme le vrai maître du royaume. Pour peu de temps, car la régente Anne d'Autriche ne voulait pas de ce prince trop puissant. Pour le combattre, elle s'appuya sur l'intrigant Retz, qui n'avait cessé jusquelà d'osciller d'un camp à l'autre au gré de ses intérêts, et à qui elle fit miroiter en cas de succès un chapeau de cardinal.

Dès lors, Condé, brouillé avec Retz, brouillé avec le Parlement, détesté des Parisiens qui voulaient la paix, odieux à beaucoup de gentilshommes, n'hésita pas à recourir à la violence. Ses bandes armées entretenaient provocations et émeutes dans Paris.

Rue de Vaugirard, c'était toujours l'agitation permanente, mais les spadassins remplaçaient les fêtards cuvant leur vin. On voyait de moins en moins de beaux carrosses aux portières brillantes, de plus en plus de blessés gémissant sur la chaussée. Les rixes se multipliaient, et les masques s'effaçaient devant les mercenaires à la solde du prince.

Certains jours, on défendait à Madeleine de mettre le nez dehors, même accompagnée. En elle-même, elle s'étonnait.

Retz, ce coureur, cet habitué de la rue Férou, en chef du royaume ? Ce n'est pas sérieux !

En cette fin d'août, l'inquiétude était vive dans la capitale, où la plupart des artisans travaillaient dans leurs boutiques en gardant leurs mousquets auprès d'eux. Chez les Sévigné, Renaud commentait les événements avec ses amis, tous fidèles à Retz.

Madeleine écoutait avec attention mais l'irritation peu à peu la gagnait. Maintenant qu'elle connaissait mieux le coadjuteur, elle n'avait que piètre estime pour lui. Et puis elle était choquée par ces « fidélités » à un prince ou à un prélat. Son père, qui avait vécu la première Fronde, avait toujours été du côté de la cour. Il n'y avait qu'un parti possible, celui du roi. Le contraire était pour lui impensable. Il n'était pas comme ces Sévigné, qui s'attachaient au premier intrigant venu.

« Savez-vous que, lundi, Condé et Retz sont venus au Parlement avec une suite armée ? demanda Brissac. Naturellement tout a mal tourné. Retz a eu très peur...

— Il y a de quoi, l'interrompit d'Humières. Il est si petit... Il n'aime pas les affrontements. En plus, au cours du tumulte, au moment où il quittait la Grande-Chambre, il a eu la tête coincée dans une porte à double battant par le duc de La Rochefoucauld. Celui-ci voulait le punir d'avoir insulté Condé. Heureusement, Champlâtreux, le fils du président, a eu la force de dégager Retz. C'est miracle qu'il n'ait pas été étranglé. Champlâtreux le père a fait honte au duc.

— Personne n'ignore l'attachement de La Rochefoucauld à Condé. Comme Rohan, il lui est tout dévoué. Ils ne lui font jamais défaut.

— Pas plus que nous ne faisons défaut à Retz, n'est-ce pas, Sévigné ? s'exclama Brissac.

— Certes, répondit Renaud. Mais laissez-moi vous raconter ce qui s'est passé hier. C'était le 22, l'octave de l'Assomption. Le coadjuteur conduisait la procession de la Grande Confrérie, qui regroupait trente ou quarante curés de Paris et une foule de gens. Il était revêtu de ses habits pontificaux et marchait, précédé de plusieurs châsses renfermant de précieuses reliques. Fort de sa pieuse fonction, il avait insisté pour n'avoir auprès de lui aucune escorte militaire, seulement six gentilshommes. J'avais l'honneur d'en être... »

Toujours aussi vaniteux, maugréa Madeleine en elle-même.

« Comme nous arrivons près du couvent des Cordeliers, continua Renaud, nous nous trouvons nez à nez avec le carrosse du prince de Condé accompagné d'une troupe armée. La populace, bien sûr ! Brusquement trois ou quatre reconnaissent Retz, se mettent à crier contre lui : "Sus au mazarin !"

« Nous nous regardons, tous les six, incertains sur la conduite à tenir. À notre grand soulagement, nous voyons Condé descendre de son carrosse, suivi de La Rochefoucauld, de Rohan et de Gaucour. D'un geste il fait taire sa troupe grondante et, affectant le plus grand zèle religieux, met un genou en terre pour recevoir la bénédiction de Retz. Celui-ci, la tête couverte, sans se départir de son calme et de sa dignité, la lui donne, puis se découvre et lui fait une profonde révérence. Même le duc de La Rochefoucauld n'a pas échappé à sa bénédiction.

— Quel hypocrite ce Condé ! Et devant le peuple ! Que ne ferait-il pas pour soigner sa popularité ? Au passage des reliques devant lui, il a même sorti de sa poche un chapelet pour le baiser. »

Quel hypocrite ce Retz, devrait-on dire plutôt ! Madeleine se retint à temps. Elle imaginait le prélat bénissant ses ennemis avec onction et le revoyait en même temps baisant les pieds potelés de Catherine, les appelant ses « mignonnes reliques ». Elle ne put s'empêcher de sourire, puis elle sortit.

Elle en avait assez d'entendre Renaud et les siens se moquer de Condé, leur encombrant voisin. Il était menteur, certes, et méprisable, mais son ennemi, le coadjuteur, ne valait pas mieux. Rêveuse, elle se dit qu'elle aurait bien aimé rencontrer La Rochefoucauld. Un homme capable d'étrangler Retz !

Quelques mois plus tard, le quartier avait retrouvé un peu de calme. C'était ailleurs que la guerre civile grondait. Condé s'était enfui de Paris depuis septembre vers la Guyenne. Il avait tenté en novembre de faire enlever Retz par l'un des hommes de La Rochefoucauld, mais il avait échoué, et les partisans du coadjuteur triomphaient.

La rue de Vaugirard, en ce milieu de mars, n'était agitée que du mariage de Catherine de La Loupe, la voisine et amie de Madeleine, avec le comte d'Olonne. Enterrées les folies de la rue Férou. Tout le gratin du Luxembourg se réjouissait de l'événement.

Le repas de noces était somptueux, des avalanches de poissons, de viandes et de gibier, car Olonne avait eu la bonne idée gourmande de se marier à la mi-carême, époque où on levait l'obligation du jeûne. Comme tous les Parisiens fortunés, ceux de Vaugirard se rattrapaient des restrictions imposées par le récent blocus de leur ville au début de la Fronde. Madeleine se délecta d'une tourte de mouton et de gâteaux au miel. Elle n'en revenait pas de son appétit.

Dans une robe de taffetas rouge cerise qui mettait en valeur sa taille élancée et les rubis de ses boucles d'oreilles, sans autre bijou mais avec une mouche près de l'œil, nommée « la passionnée », elle avait signé le contrat de mariage de Catherine aux côtés de noms prestigieux, Mlle de Montpensier, cousine germaine du roi, Gaston d'Orléans, son oncle, la fameuse Mme de Rambouillet. Et elle entendait tous les invités murmurer avec de grands sourires entendus : « Il l'a ! Il l'a ! »

Ce n'était pas une coquinerie. Il s'agissait du chapeau de cardinal que le pape Innocent X, enchanté de promouvoir quelqu'un que Mazarin n'aimait guère, avait accordé à Retz au début de mars. Sévigné et les autres venaient de l'apprendre. Ils se réjouissaient. S'ils avaient su les intrigues souterraines du nouveau dignitaire...

Cette fois, après le mariage, Madeleine ne pleura pas ! Elle espérait. Si Catherine avait obtenu le titre envié de comtesse, pourquoi pas elle ? Elle venait de fêter le 18 mars ses dix-huit ans, elle était jolie, autant que son amie, et riche, beaucoup plus. Ménage ne se lassait pas de la louer dans ses vers, sous le nom de Doris. Dans les salons, personne ne s'y trompait, mais elle aurait voulu que l'esprit, la beauté dont le poète la créditait lui fussent nommément attribués. Puérilité ?

Peut-être. Surtout désir forcené de revanche depuis l'humiliation du Clos-Lucas.

L'admiration de Ménage, sans l'apaiser tout à fait, la rassurait. Elle eut même une audace, rare chez une adolescente en son temps : elle écrivit la première à un érudit du Mans, connu de Ménage, Costar. La jeune fille, si secrète, qui ne se confiait ni à sa mère ni à une amie, n'hésita pas, pour s'affirmer et montrer sa valeur, à tomber dans l'outrecuidance et la prétention en lui disant son admiration.

Par bonheur, le vieux chanoine manceau, célèbre par ses lettres et par les chapons et les gélinottes qu'il envoyait régulièrement à ses relations de la capitale, ne se choqua pas. Il fut enchanté d'avoir été remarqué d'une jeune personne du beau monde. Il savait que Madeleine avait déjà une cour d'admirateurs qualifiés qui reconnaissaient ses dons exceptionnels. Il ne l'appela plus dans ses lettres que l'Incomparable.

Argent, beauté, esprit, réputation, rien ne manquait à la jeune « précieuse » pour conclure un mariage heureux. Et si les choix politiques de Renaud, toujours fidèle à Retz, l'y aidaient aussi, elle ne renâclerait pas. Elle gardait toujours rancune à son beau-père, elle n'hésiterait pas à se servir de lui.

Décembre arrivait. Madeleine ne voulait pas ressasser les douloureux souvenirs des précédents mois de décembre. Elle continuait de vivre dans l'espoir. Mais elle se demandait parfois quelles étaient les chances politiques de Renaud et de son parti.

On avait été inquiets rue de Vaugirard du succès militaire de Condé à Bléneau en avril, puis en juillet de son retour dans la capitale. Mlle de Montpensier, trahissant le roi, lui avait fait ouvrir la porte Saint-Antoine, les combats avaient fait rage au faubourg, et Retz, affolé, s'était réfugié à l'archevêché de Paris, entassant vivres et munitions dans les tours de Notre-Dame.

Condé définitivement vaincu à la mi-octobre, le jeune roi et sa mère s'étaient installés au Louvre mais ne parlaient pas d'amnistie. Au contraire. Gaston d'Orléans était disgracié. On conseillait à Retz, haï de Mazarin et considéré comme dangereux par la cour, de s'enfuir à Rome. Il n'en faisait rien, sortait avec une escorte armée, prononçait le sermon de la Toussaint à Saint-Germain l'Auxerrois, parlait de se présenter au Louvre.

Les partisans de Retz, au milieu desquels vivait Madeleine, se rassuraient. On ne le toucherait pas. Il était cardinal.

7

De Paris...

« Paris, 7 janvier 1653,

« Je ne saurais vous dire mon déplaisir. Il va me falloir quitter Paris en hâte. Hélas, vous vous doutez de la raison qui m'y force. Le cardinal arrêté, incarcéré à Vincennes, sans que personne ne bouge. Et M. de Sévigné, naturellement, dans le mauvais camp ! Il n'a rien vu venir. Dans sa suffisance insupportable, il s'est imaginé, au moment de l'arrestation de Retz, que cela n'aurait aucune conséquence pour lui.

« Il s'abritait derrière Mme d'Aiguillon, la nièce de Richelieu, la protectrice... Comme si Richelieu vivait encore ! D'ailleurs c'était mon père que Mme d'Aiguillon connaissait, qu'elle entendait protéger. Pas le mari de ma mère. Il aurait pu avoir au moins un peu de dignité, prendre les devants. M. de Brissac, lui, est parti sans attendre qu'on lui signifie son exil.

« Quelle honte pour nous ! Et ma mère qui veut suivre son époux. Et moi qui dois suivre ma mère. Me voilà donc réduite à partir en province, dans un lieu inconnu, un misérable logis. Me voilà bientôt privée de mes amis, de ma demeure. Au moment où je commençais à me plaire tant ici... Par la faute de cet homme qui décidément est destiné à détruire mon bonheur et à m'ôter toujours le repos. Hélas ! Je ne puis vous en dire plus. Les larmes me montent aux yeux. »

En suscription : « À Monsieur Gilles Ménage, au cloître Notre-Dame. »

Trop sûr de lui, Retz s'était en effet présenté au Louvre, le 16 décembre à neuf heures du matin, malgré les avertissements de ses proches. Le capitaine des gardes Villequier l'attendait pour se saisir de lui. Le 25 décembre, Renaud de Sévigné recevait l'ordre de quitter la capitale dans les vingt-quatre heures pour sa terre de La Mousse en Provence.

Cela n'étonna personne, tant il était marqué par sa soumission au cardinal. Les anciennes protections de La Vergne auraient peut-être permis à sa veuve et à sa fille de demeurer à Paris. Ce n'était pas l'intention d'Isabelle d'y laisser seul son séduisant mari. Et il n'était pas question non plus d'abandonner seule à Paris une jeune fille de dix-huit ans. Mère et fille devaient donc rejoindre Renaud sans tarder.

Ménage, plus malin et plus opportuniste, s'était séparé de Retz dès le mois de septembre. Après avoir été son favori, il se plaignait depuis longtemps d'être traité par lui comme un domestique, et, trop fier de ses succès mondains et littéraires, ne cessait de se quereller avec les autres ecclésiastiques qui entouraient le cardinal. Puisque l'héritage de son père, un avocat mort peu auparavant, lui assurait une aisance confortable, pourquoi continuer à loger chez Retz ? Ce n'était vraiment pas le moment...

Le message de Madeleine le trouva donc au cloître Notre-Dame, dans une maison ancienne dont il louait rez-de-chaussée et premier étage. Il fut ému du désarroi de la

jeune fille et touché de sa confiance. On savait trop sa rupture avec Retz pour qu'il eût besoin lui-même de s'exiler,
mais il eut l'idée de partir pour accompagner les deux
femmes en Provence.

Après tout, c'était son pays d'origine. Il y étudierait
quelque ruine romaine, rendrait visite au savant Peiresc et puisqu'on devait s'arrêter à Lyon chez le chanoine de Rochebonne, il y consulterait sa bibliothèque
célèbre dans le monde des chercheurs. Surtout il passerait auprès de Madeleine des jours inoubliables.
Comment pourrait-il vivre sans la voir ?

Il se précipita rue de Vaugirard et trouva la jeune
fille plus nerveuse encore qu'il le pensait. Elle pleura,
puis s'emporta contre la sottise d'un beau-père qui
bouleversait sa vie pour la deuxième fois en deux ans.
Pas besoin d'explications sur ce point. Ménage,
comme beaucoup d'autres, savait.

Elle se plaignit ensuite beaucoup. Tous les agréments que lui faisait perdre cet exil ! Elle citait pêle-
mêle les promenades à cheval au Cours-la-Reine, son
entrée officielle dans le monde, les bals, le beau
mariage auquel elle pouvait prétendre, les leçons de
musique, les fêtes...

Il tremblait. Pourvu qu'elle mît leurs rencontres au
nombre de ses plaisirs parisiens ! Elle le fit, avec son
charme délicat, et évoqua leur entente intellectuelle. Il
continuait à écrire des poèmes sur elle, pour elle. Il
avait même depuis peu la primeur des vers qu'elle se
plaisait à composer et qu'elle lui montrait avec émotion. Elle savait qu'il les appréciait et retranscrivait dans
des carnets ses trouvailles et ses tournures les plus
réussies. « Ah, j'étais si heureuse d'avoir trouvé un
esprit qui me fût agréable et qui eût du rapport au
mien... »

Ému, il lui annonça son intention de faire route

avec elle. Ses yeux brillèrent d'un plaisir retrouvé, puis elle se figea :

« Mais que dira notre cousine Marie ?

— Elle n'a pas le privilège de régler ma conduite. Je connais votre beau-père depuis longtemps. On ne saurait redire à notre voyage. Je vais en parler à votre mère. À propos, est-elle très affectée par toutes ces mauvaises nouvelles ? »

Madeleine, un peu rassérénée par les paroles de Gilles, retrouva son esprit mordant pour demander :

« Vous voulez savoir à quoi ma mère s'occupe ? Elle s'entretient avec un maître-couvreur qui inspecte les charpentes de toutes nos maisons et qui va dresser pour six ans un contrat d'entretien des toitures. Ah, l'émotion ne lui enlève pas le sens pratique ! Et un charpentier va changer les poutres de la maison de la rue Férou que Mme de La Loupe quitte. Elle la trouve trop grande depuis le mariage de Catherine. »

Les larmes lui revinrent aux yeux d'envie et de désespoir au souvenir du beau mariage de son amie.

« Vous imaginez-vous, pour six ans ! l'entretien des toitures pour six ans ! Vais-je rester si longtemps dans ce méchant trou de campagne ? Que vais-je y devenir ? »

Le chagrin la reprit. Gilles était désemparé, ne sachant comment montrer son amitié, craignant d'effaroucher la jeune fille par des paroles ou des gestes trop vifs. Il joua le tout pour le tout, et sortit de sa poche une lettre de Marie de Sévigné.

« Puisqu'on parle d'elle... Voulez-vous de ses nouvelles ? Elle m'écrit des Rochers où elle se sent recluse. À son départ, elle m'a reproché de n'être pas attristé de notre séparation. Ensuite elle a osé parler de "notre défunte amitié". Elle sent que je ne lui écris pas avec assez de soin et prétend que je lui fais mille reproches futiles, des "querelles d'Allemand", dit-elle, dans la seule intention de me donner tout entier à Mlle de La Vergne.

« Et maintenant, voici la fin de sa dernière lettre : "Quoique cette jeune personne soit mille fois plus aimable que moi, votre conscience vous a donné de grands remords et vous avez été contraint de vous partager plus également que vous n'aviez fait d'abord. Je vous promets donc de m'accorder désormais fort bien avec cette rivale." »

Un silence tomba. Ménage avait calculé juste. Le plaisir de l'emporter sur une rivale de cette qualité calma subitement Madeleine. Quoi, la spirituelle Sévigné, prisonnière dans ses bois, supputant ses chances de l'emporter sur une jeune fille insignifiante comme elle... Fallait-il que le prestige intellectuel de Ménage donnât du prix à celles qu'il remarquait !

Non seulement il s'affligeait de son départ, à elle, Madeleine, non seulement il regrettait d'avance leur séparation mais il venait tout de go lui proposer de faire avec elle le pénible et long trajet. Stupéfaite, elle s'était arrêtée de pleurer et se mit à songer sans révolte aux préparatifs du voyage.

Et puis Costar lui envoya une lettre merveilleuse. Le vieux chanoine avait deviné la détresse de l'adolescente et cherché à l'apaiser. Qu'elle ne sombre pas dans l'ennui de l'exil mais se rappelle sa réputation d'esprit dans la capitale ! Même Bussy-Rabutin, cette mauvaise langue enragée, vantait ses reparties. Scarron n'hésitait pas à la décrire « toute lumineuse, toute précieuse ». Alors, pour ne pas perdre ces qualités rares, et aussi pour se mettre à l'abri de mesquineries possibles des provinciaux, Costar lui conseillait de se cultiver encore, de lire, de lire.

Ce n'était pas parce qu'elle était une femme qu'elle devait négliger l'étude. Elle était un esprit d'élite. Elle n'avait pas à se soucier des préjugés de son temps. Son prix, elle ne le trouverait plus dans le monde mais dans la chère compagnie de ses pensées. Cette intériorisation la consolerait des déconvenues de la vie et la mènerait au bonheur.

Bien sûr, Madeleine allait emmener cette lettre en Provence. Ce serait comme le mouchoir imbibé de vinaigre qui ranime celles qui se trouvent mal. Et pour femme de chambre elle prendrait Fanchon.

La malheureuse avait eu hors mariage un enfant d'un écuyer, qui l'avait abandonnée. Elle était entrée alors au service des La Vergne. Quand le poète Scarron avait voulu se marier, il s'était mis en quête d'une femme « qui se soit mal gouvernée afin, disait-il, que je puisse l'appeler putain sans qu'elle s'en plaigne ». Les La Vergne, fort liés avec Scarron, lui avaient parlé de Fanchon. Il lui avait préféré Françoise d'Aubigné... Fanchon était alors passée au service de Madeleine qui appréciait sa douceur et son bon sens. Avec elle, tout irait mieux.

Avant le départ, Catherine d'Olonne et sa sœur vinrent rendre visite à leur amie. Comme toujours, curieuses et moqueuses, elles l'assaillirent d'un flot de questions :

« Emportez-vous beaucoup d'effets, ma chère ? Faites-vous provision de parfums de Le Maire ? Et de partitions de clavecin ?

— Serez-vous bien meublée là-bas ? Mlle de Scudéry vous donnera des détails sur la Provence. Elle y est restée longtemps.

— Mais elle habitait Marseille. C'est la mer, le site de la ville, qu'elle a admirés. Et puis Marseille est très peuplée. Tandis que La Mousse est en pleine campagne. Où exactement ?

— Ne gâtez pas votre joli teint au soleil. Attention ! et ne tombez pas dans la mélancolie.

— Partir en hiver, c'est de la folie. La glace, le froid partout. Un parcours infini. Aurez-vous des mules en plus

60

De Paris...

de vos chevaux ? Mettrez-vous votre jolie cape fourrée, avec ce capuchon qui vous va si bien ? »

Madeleine ne voulait plus les écouter. À imaginer sa vie, le désespoir la reprenait. Et comme elle avait peur du voyage !

8

Sur les routes

Le matin du départ, des trombes d'eau s'abat-
taient sur Paris. Le lourd carrosse à double fond, à six
chevaux et à sept fenêtres des La Vergne attendait, rue
de Vaugirard, le bon vouloir des maîtres. Les portières
vernies, d'un marron sombre, luisaient sous la pluie.
Le postillon était déjà à sa place, sur l'un des deux
chevaux de tête. Renoux, le cocher, qui se tenait derrière l'attelage, à l'avant du carrosse, appréciait la rapi-
dité du jeune garçon à entendre et comprendre ses
ordres, et sa sobriété. C'était important. Les gros véhicules n'avaient que trop tendance à verser.

Pas besoin de bêtes de bât, avait-on décidé. On ne
transporterait pas de lits pour les voyageurs, puisqu'on
avait prévu de faire étape chaque soir dans une
demeure ou un château amis. En revanche un autre
carrosse, dit de campagne, à simple fond, plus léger et
tiré par deux chevaux, emmènerait Fanchon, la
femme de chambre de Madeleine, et les trois servantes de sa mère. On trouverait bien en Provence une
cuisinière !

63

La dame de Vaugirard

Quatre hommes à cheval complétaient l'équipage, bien armés pour résister aux attaques éventuelles des bandits de grand chemin. Leur chef, Malo, veillerait au bon déroulement du parcours.

Les domestiques avaient chargé dans les deux véhicules les nombreuses valises de cuir, fermées d'une chaîne et d'un cadenas, contenant les habits des dames. Dans les coffres dissimulés sous les coussins du premier carrosse, ils avaient caché, avec l'argent et les papiers précieux, une montre, des couteaux, des plumes, une écritoire, tandis que de volumineuses et épaisses sacoches, pendues aux portières de la seconde voiture, contenaient haches, outils et crocs pour les dépannages d'urgence.

En sortant de la maison, emmitouflée dans sa cape rouge fourrée de martre dont le capuchon protégeait ses cheveux noués — la cape dont parlait avec envie Catherine d'Olonne —, Madeleine hésitait entre la peur d'une route longue et inconnue, le regret de quitter la capitale et la joie de la découverte.

Un cri d'admiration devant le brillant équipage qui l'attendait l'arracha à ses perplexités. Les palefreniers et Renoux avaient brossé, lavé, pansé, graissé, nettoyé. Cela se voyait. Voitures, chevaux, domestiques dont la livrée jaune à parements azur égayait la rue pluvieuse, tout resplendissait et respirait le bel air.

Elle se glissa avec satisfaction sur l'une des deux banquettes du gros véhicule. Ménage la rejoignit tandis qu'Isabelle s'installait en face d'eux dans le sens de la marche. Fanchon disposa dans les pochettes intérieures du carrosse des fruits secs, des bouteilles d'eau de pistache et d'un certain sirop de framboises préparé spécialement pour se conserver longtemps, des petits pâtés. On les renouvellerait aux arrêts. Ils adouciraient l'ennui du voyage et serviraient de trompe-la-faim vers midi.

Sur les routes

On avait décidé des étapes courtes à cause de la saison, et aussi parce que Ménage voulait faire admirer aux voyageuses les curiosités intéressantes des villes traversées. Quel bonheur pour lui d'être le guide de sa bien-aimée ! Quant à Isabelle, elle n'était pas fâchée de voir sa fille trouver une compensation artistique au sacrifice qu'elle lui imposait de quitter la capitale. « Fouette, cocher ! », lança-t-elle.

Et Madeleine ? Même si elle se forçait à donner d'elle-même une image paisible, elle enrageait contre Renaud responsable de ses malheurs et de cet exil. Bientôt elle s'affola. Comment supporter l'impression d'enfermement et de monotonie qu'elle ressentait dans sa cage dorée ?

On partit par Villejuif et Essonne. Elle pesta devant les paysages noyés de pluie, trembla quand les roues patinaient sur le sol boueux. Alors, Gilles lui raconta l'aventure de la guerrière Bradamante et de l'hippo-griffe, le cheval ailé qui fend les airs de ses ailes immenses aux multiples couleurs. La voix du conteur l'apaisa.

Elle leva les yeux vers lui. Il n'était pas un compa-gnon de route ordinaire. Il était un homme à la mode, Gilles Ménage. Il avait abandonné Paris et ses succès mondains pour elle. Enfermé avec elle, il lui consacrait son temps. Rien alors ne parut insupportable à Made-leine. La vanité satisfaite embellissait tout. Bien des dames, Marie en particulier, auraient tant voulu être à sa place et partager avec le séduisant poète le huis clos d'un carrosse.

On fit halte à Milly. Mlle de Montpensier, la proprié-taire du château, n'était pas là pour accueillir ses hôtes. Depuis son geste téméraire de la porte Saint-Antoine, le roi l'avait punie et chassée dans son domaine de Saint-Fargeau. Mais son intendante avait bien fait les choses.

Une « collation lardée », de viandes et de fruits, un bon feu dans les chambres les attendaient. Une bénédiction après quinze lieues parcourues dans un carrosse battu par les averses. D'autant qu'il avait fallu prendre, ce premier jour, l'habitude d'être secouée dans ce qui n'était après tout qu'une caisse de bois, avec des roues cerclées de fer ! Madeleine s'écroula dans le sommeil.

Le lendemain, la pluie avait cessé. Les pentes de Nemours se gravirent sans difficultés. L'étape fut longue, une vingtaine de lieues, mais la beauté de Montargis, de son pont sur le Loing bâti de chaque côté, comme le pont Notre-Dame, divertit Madeleine. Et surtout la manière brillante dont Ménage conta l'ancienne légende, peinte et exposée sur la cheminée de la salle du château, d'un chien, « le chien de Montargis », qui combattit et tua l'assassin de son maître. Il contait si bien qu'on croyait voir la toile.

La jeune fille se rassérénait. Le voyage n'était pas la torture redoutée. Aux étapes, judicieusement organisées, elle mangeait, se chauffait, dormait dans un lit, changeait de linge. Les domestiques y pourvoyaient, qui veillaient aussi à avoir des chevaux frais. Et Gilles trouvait toujours une anecdote nouvelle, un poème galant à réciter ou un chapitre de *L'Astrée* à lire, sans parler des mille compliments enveloppés qu'il lui faisait : « Ce sein de neige qui allume tant de feux... » ou « Sur la mer amoureuse excitant mille orages, Vos beaux yeux chaque jour causent mille naufrages »...

La halte à Briare fut sans histoires. S'y ajouta pour la jeune fille le plaisir de découvrir la Loire, plaisir que nuança Ménage d'une pointe d'érudition : « Ce fleuve,

Du Bellay l'a fait masculin. À tort. Il est constamment féminin. »

À Cosne, comme tout le monde, on descendit voir les forges de La Chaussade, fameuses alors, et que l'on comparait aux « forges de Vulcain ». Madeleine fut impressionnée par les quatre fourneaux fumants, les coups en cadence frappés par huit ou dix hommes qui forgeaient des ancres pour les vaisseaux. Elle se plut à imaginer qu'ils forgeaient les armes d'Énée.

Le soir, dans sa chambre, elle demanda une écritoire et du papier, se remémora sa visite, griffonna, ratura et finit par écrire : « Nous étions dans un véritable enfer. Nous y trouvâmes huit ou dix cyclopes. De temps en temps, ces démons venaient autour de nous, tout fondus de sueur, avec des visages pâles, des yeux farouches, des moustaches brutes, des cheveux longs et noirs. Assurément on ne pourrait résister à nulle de leurs volontés dans cet antre infernal. Nous en sortîmes avec une pluie de pièces de quatre sous destinées à les rafraîchir. »

Elle sourit. Il y avait longtemps qu'elle désirait écrire pour elle-même les impressions qui la touchaient. Le dépaysement lui était une occasion de se lancer. Elle trouvait agréable de revivre sa vie, seule, sans contrainte ni témoins, d'exprimer au plus juste ses sensations, de reproduire et même de transformer ce qui lui arrivait. Elle continuerait.

On aurait pu passer en coche d'eau de Briare à Roanne. C'eût été plus rapide. On avait choisi la voie de terre par La Charité et Nevers. Non par goût du pittoresque. L'idée n'était guère alors de mise. D'ailleurs, le trajet fut décevant. Il y avait à l'étape de La Charité-sur-Loire une invasion de rats, fort incommode, et le brouillard, très dense à Nevers, rendit impossible la vue dont on devait jouir, du pont, sur la cathédrale

Saint-Cyr. On répétait partout que sa tour, ornée de figures et de reliefs de pierre, ressemblait à celles de Notre-Dame.

Madeleine aurait voulu en juger. On préféra ne pas s'attarder et aller coucher à Saint-Pierre-le-Moûtier, à trois lieues de là, comme prévu. Une demeure rustique mais d'où l'on pourrait arriver de bonne heure à Moulins le lendemain matin. Moulins, la vraie raison du choix de la route par terre.

On y devait une visite au couvent de la Visitation. Isabelle n'était pas dévote, mais le cousinage de son mari avec Marie de Sévigné, dont la grand-mère, Jeanne de Chantal, avait fondé l'ordre de la Visitation, rendait la halte obligée. Qu'aurait-on dit, sinon ?

Le bâtiment était neuf, carré et vaste. Madeleine ne retrouva pas, dans le parloir glacé, la ferveur ressentie naguère chez les visitandines de Chaillot, ni dans l'accueil de la supérieure la vivacité attentive de Louise de La Fayette. Dans la chapelle le mausolée en marbre d'Henri de Montmorency la fit bâiller d'ennui.

Elle s'esquiva un moment avec Ménage pour admirer les vitraux de la cathédrale. Gilles en fut fou de bonheur. Pour une fois, il appréciait le gothique flamboyant ! Il la trouvait si belle, son aimée, toute droite, telle une flamme, admirant les délicats dessins de la grande verrière, pâle de froid mais éclairée par les tons chauds de sa cape. Elle lui semblait descendue du vitrail à fond blanc où la robe rouge d'une certaine Bérangère répondait à la couleur du vêtement de Madeleine.

On ne s'était que trop attardé. Il fallait gagner Lapalisse avant la nuit. La jeune fille ne s'aperçut pas d'abord de l'étroitesse du vallon dans lequel on s'enfonçait, boisé, surmonté de montagnes enneigées. Bientôt, un peu inquiète, elle s'étonna : « Que font donc ces paysans à nous accompagner? Pourquoi conduisent-ils des bœufs? »

Personne ne lui répondit. Sa mère dormait ou faisait semblant. Quant à Gilles, sa spécialité, c'étaient les animaux mythiques ou les jolis moutons qui folâtraient dans ses poèmes. Pas les robustes bêtes de trait.

Madeleine comprit la raison de leur présence quand, dans une pente très raide, elle vit les paysans atteler les bœufs au lourd carrosse pour l'empêcher de rouler trop vite. Le chemin était glissant, gelé par endroits. Les chevaux n'auraient pas suffi à le retenir. À prendre trop de vitesse, l'on risquait de verser.

Elle fut soulagée en arrivant enfin au château qui dominait le village de Lapalisse. Mais comme sa mère et Ménage, elle frémit rétrospectivement en entendant leur hôte :

« Savez-vous que vous avez échappé à une farouche bande de brigands? Avec la disette et le grand froid, ils s'acharnent sur les moindres passants. Ils n'ont pas de mal à les attraper. Dieu sait qu'on n'avance pas vite dans ce maudit vallon. Par bonheur, le marquis d'Effiat est passé peu avant vous, cet après-midi, en litière avec sa femme. Son escorte était si nombreuse et si déterminée qu'elle a fait fuir les voleurs. Pour un moment... Vous en avez profité. »

Quatre lustres porteurs de plus de cent bougies, une immense cheminée que garnissaient sans cesse deux laquais, une table à douze couverts attendaient le trio. Les plats regorgeaient de jambons, de rôtis, de truffes et de salade, de tourtes et de blanc-manger. Après les émotions de la route, il n'en fallait pas moins pour réconforter les voyageurs.

Ménage avait remarqué dans l'immense vestibule une collection de huit magnifiques tapisseries des Flandres. Malgré l'heure tardive, il s'empressa d'en expliquer à Madeleine les épisodes représentés. Ceux de la légende d'Ariane, de sa passion folle pour Thésée qu'elle guida, grâce à un fil, hors du labyrinthe, de sa passion malheureuse aussi, puisque Thésée l'abandonna.

Gilles ce soir-là ne fut pas pédant, il sut être émouvant. Madeleine, ravie, se laissa porter par l'enchantement des mots. Quoi de plus exaltant pour ses dix-huit ans ? Elle était dans un château perdu dans les monts et les bois enneigés, mais pourvu des raffinements les plus exquis et des œuvres d'art les plus rares. Et son poète lui racontait une merveilleuse et déplorable aventure d'amour. Gilles lui devenait de plus en plus agréable.

Ils n'étaient pas au bout de leurs peines. Ce jour-là, ils devaient affronter la montagne de Tarare. L'horreur ! On y voyait parfois, disait-on, « la roue des carrosses demeurer en l'air ». Ceux qui s'y étaient risqués de nuit, à la lumière des flambeaux portés par leurs gens, avaient pensé mille fois mourir. Madeleine l'ignorait. Tant mieux !

Passer la Loire à Roanne, dans un bac qui pouvait transporter leur carrosse, l'amusa même. Après, l'angoisse la prit. Le temps, couvert, annonçait pluie ou neige. Le chemin montait sans cesse. Le brouillard augmentait.

À deux heures après midi, on n'y voyait rien. Dans la voiture, on ne pouvait lire. Ménage se faisait silencieux. En tête chevauchait un des hommes pour ouvrir le chemin. On dut mettre un mouchoir blanc sur la croupe de son cheval pour ne pas le perdre de vue.

Ténèbres ombreuses, nuées de l'Olympe, Gilles se fit un peu plus disert quand on atteignit le sommet. Hélas, la descente se révéla plus pénible encore. Une pente raide, un sol détrempé. À chaque instant le chemin tournait. Et des précipices des deux côtés.

Sur les routes

Il fallut mettre pied à terre. Tous descendirent de leur monture ou de leur carrosse. Bronchant, glissant dans la boue, trébuchant, se relevant, ils avançaient lentement. Dans une lumière blanchâtre et cotonneuse, où se laissaient deviner parfois des arbres dénudés, ou pis encore des fossés vertigineux. Les dames soutenues tant bien que mal par leurs gens, les chevaux apeurés, Renoux vigilant.

Madeleine sentait le froid et la peur la gagner. Elle oubliait les bons moments du parcours. Elle ne se souvenait que de sa rancœur contre le couple qui une fois de plus gâchait sa vie.

9

En Provence

« Tiens, un officier donne un papier à Malo. Qu'est-ce donc ? » demanda Madeleine. Vers les dix heures du matin, elle attendait à Lyon, avec sa mère, pour s'embarquer sur le Rhône.

« C'est un billet de santé. Il est daté. Il prouvera qu'il n'y avait pas la peste dans la ville que nous quittons. Il faut le garder soigneusement. Sinon, en cas d'inspection, on risque d'être arquebusés, ou du moins mis en quarantaine.

— C'est donc si important ?

— Oui. Vous le savez bien, la peste est un horrible fléau. Il faut renouveler ces billets à chaque étape.

— Mais on ne l'a pas fait avant ?

— Non, cela ne se pratique que passé Lyon. À partir de là, dans des pays chauds, les risques de contagion sont plus grands qu'au nord de la Loire. »

Madeleine était excitée. On entrait enfin dans un pays différent. Bientôt la Provence. Après quelques jours de repos à Lyon — deux villes, deux monts, deux rivières, deux ponts — chez l'ennuyeux chanoine de

Rochebonne, il lui tardait de connaître d'autres horizons. Tant qu'à faire d'avoir quitté Paris...

Elle ne fut pas déçue. Le bateau, loué par Mme de Sévigné, ne transportait qu'elle et les siens. Les bateliers étaient efficaces, le courant fort, surtout en ce début de mars, l'embarcation plus rapide que la plus rapide voiture de poste. Les paysages changeaient sans cesse. Les montagnes de Dauphiné, puis d'Auvergne et de Vivarais paraissaient et disparaissaient dans un brouillard léger.

Les ponts sous lesquels on glissait, à Vienne, au Saint-Esprit, étonnaient Madeleine. Il y avait sous leurs arches de tels remous ! Il lui semblait que le bateau faisait des sauts périlleux. Elle s'y habitua et s'en amusa. À la hauteur du bourg Saint-Andiol, elle sentit pourtant un pincement de crainte, le fleuve était si large, les vagues si nombreuses, des rochers même, vers le bord, affleuraient. Cependant, toujours rêveuse, elle ne se lassait pas de contempler le spectacle de l'eau en mouvement.

Ménage à l'évidence n'avait pas le pied marin. Il fut soulagé quand on débarqua près de Sorgues. Détendu, il parla longuement de la Fontaine de Vaucluse : « C'est là que se rencontraient Pétrarque et la fameuse Laure, son égérie, là que mourut l'admirable poète... » Et de citer quelques vers en italien.

On gagna en voiture de louage les bords de la Durance. Là, il resta muet, terrorisé par la largeur et la violence de la rivière. Effrayante en vérité. Il fallait accrocher le bateau à un gros câble tendu fortement au-dessus de l'eau par deux pieux plantés sur chaque rive, et le faire glisser au moyen d'une poulie. La seule méthode pour venir à bout d'une traversée dangereuse. On avait prévu de se restaurer, juste avant de passer, à la chartreuse de Bonpas renommée pour sa cuisine : « Bonpas, bon repas », disait le dicton. Personne ne lui fit honneur...

Heureusement le port de Noves où l'on devait s'arrêter et confirmer les billets de santé, était juste en face. « Croyez-vous donc que Rhône et Durance ne soient que de l'eau ? » lança Madeleine à Ménage en riant, quand elle eut rejoint la terre ferme. Ravie et soulagée à la fois.

Les carrosses et les chevaux, venus par voie de terre, attendaient les voyageurs. L'air était plus doux, le temps sec, le pays tantôt montueux, tantôt plat, couvert de thym, de romarin, de lauriers et de pins maritimes. La curiosité de Madeleine s'émoussait. Après trois semaines de voyage, chacun avait hâte d'arriver.

La Mousse, une bastide ? À la rigueur. Un fronton triangulaire, et une pièce d'eau devant le bâtiment central, comme il se devait, une jolie porte, modestement inspirée de celle du château d'Ansouis, proche. Mais des ailes disproportionnées, l'une réduite, l'autre flanquée d'un grenier à foin, prolongée par une courette puis par la maison du paysan. Ni roseraie, ni gazon, ni vasques, ni statues, le jardin était une véritable broussaille.

Madeleine le contemplait assise sur une des marches du perron, le lendemain de son installation. Son air d'abandon ne la réconfortait guère. Pourtant elle s'enchantait peu à peu du ciel bleu et doux, du gris argenté des oliviers qui bordaient un côté du jardin, du chant des oiseaux qui piaillaient dans les frênes. Une haie de térébinthes poussait non loin. Elle ignorait leur nom mais remarqua la couleur rouge de leurs bourgeons prêts à éclater en ce début d'avril.

Le printemps en Provence, Ménage ne voulait pas le manquer. Il le passa à La Mousse. Le temps pour Madeleine de constater que des peintres, des jardiniers et des tapissiers, engagés sur place, amélioraient la vie quotidienne — l'argent facilitait les choses.

Le temps de découvrir, avec un peu d'appréhension, les petits pâtés de tripes hachées avec du fromage, la chèvre bouillie ou les amandes rôties au four dans leur coque. Le temps de s'essayer au vin muscat de la Provence que Ménage apprécia grandement. Le temps de faire avec lui quelques promenades charmantes et instructives.

Promenade obligée à Salon, si proche, où l'on négligea l'église Saint-Laurent, de style gothique, honni même s'il était provençal, et où l'on s'attarda au château de l'Empéri dont un corps de logis était en réfection. De Nostradamus, « l'homme illustre de Salon, fort prisé dans les salons » — Ménage risqua le jeu de mots —, il cita une prophétie terrifiante à propos du « feu du ciel s'abattant ». Madeleine en frissonna. Elle détestait les orages.

Promenade obligée au pont Flavien. D'époque romaine, il enjambait la Touloubre, rivière qui coulait près de La Mousse.

« Cette rivière, elle est un peu à nous, dit Madeleine. Oh, quel dommage, il ne reste plus qu'un lion sculpté. Il devait y en avoir d'autres. Non ?

— Quatre, répondit Ménage, un au-dessus de chaque entablement, comme il se doit. » Il savait tout.

Il refusa de visiter Aix. Isabelle de Sévigné s'en étonna. Elle avait elle-même le projet d'y rencontrer quelques dames. Il s'obstina, ne voulut pas s'expliquer. Tandis que sa mère plaidait pour la ville du Parlement, la jeune fille riait sous cape. Elle avait surpris une remarque de Renoux à Ménage. « Pour sûr, c'est joli, Aix, c'est ancien. Mais les gens y font leurs affaires sur les toits des maisons. Tout en est empuanti. Quand il pleut, on dit au pays qu'à Aix, il pleut merde. » Et Gilles était si délicat...

76

Madeleine s'habituait à sa présence, à sa gaucherie et à son empressement, à son pédantisme et à son dévouement. Lui, cependant, s'énervait de désirer en vain cette belle fille froide et vite effarouchée, qui mangeait peu, ne buvait guère et ne lui laissait même pas toucher le bout de ses doigts. Marie de Sévigné, au moins, buvait sec et se délectait aux gaudrioles.

Et puis, à Paris, il jouissait du regard des autres, se pavanant au bras des jeunes femmes de qualité qu'il gavait de littérature ou d'italien, Mlle de La Châtre, Marie ou Mme de Brégy. Certes, il avait senti chez Madeleine de la peur avant d'arriver à Lapalisse et un besoin immense de se raccrocher à lui. Ils étaient bien côte à côte devant les tapisseries d'Ariane. Elle comptait sur lui pour la rassurer et lui conter de belles histoires d'amour. Pas pour lui faire l'amour.

Il s'était imaginé Dieu sait quoi. Le dépaysement du voyage lui avait tourné la tête. Que pouvaient-ils d'ailleurs, chaperonnés qu'ils l'étaient par la mère ? Ses espoirs étaient fous. La riche héritière, la belle Mlle de La Vergne, était destinée aux meilleurs partis. Il n'était, lui, guère plus qu'un domestique. Il ne devait sa renommée qu'au snobisme des dames de qualité.

À ce propos, il lui fallait l'admettre, l'amour tendre que Mlle de Scudéry comprenait si bien, l'amour tendre dont lui, Ménage, avait lancé la mode dans les salons, cela ne marchait pas avec Madeleine. Au plus profond de son corps et de son cœur, il était malheureux de ne pas la posséder.

Un jour de juin, elle l'écoutait lire un de ses poèmes, assise sous la tonnelle couverte de vigne vierge. Comme toujours, il parlait d'eau, de nymphes, de rossignols, de la beauté de son aimée. Alanguie par la chaleur, le parfum des romarins en fleurs et des menthes qu'elle écrasait entre ses doigts, toute à son bien-être, elle lui avoua : « J'apprécie fort votre compagnie. » Il se leva brusquement et répliqua : « Je ne suis pas une dame de compagnie. »

Il se sentait vexé, malheureux. Elle lui donnait si peu en échange d'un amour comme le sien.

Quand il la quitta, début juillet, il n'était pas fâché à l'idée de retrouver ses travaux minutieux de grammairien obstiné et sa cour de dames « précieuses » et empressées. Mais il ne voulait pas la perdre tout à fait. Elle était jeune. Il garderait espoir. Le jour de son départ, elle lui demanda, ses beaux yeux bruns tournés vers lui, de lui écrire depuis Paris, régulièrement. Il acquiesça.

Elle connut alors la vie étriquée des provinces, le baragouin des femmes provençales, les messes du dimanche à Lambesc. On y allait en grand apparat dans le carrosse des La Vergne. On y allait pour se montrer, montrer ses toilettes et ses ombrelles. Rien de commun avec l'émotion de Chaillot.

En visite, c'était partout le même cérémonial rigoureux. Des conversations banales, jamais un mot d'esprit. L'hiver, elle gela dans les immenses pièces des demeures aixoises conçues pour protéger des chaleurs estivales et que les propriétaires s'entêtaient à ne pas chauffer. Ils comptaient sur leur grand soleil. Oui, mais la bise s'engouffrait partout. Que dire des reconduites infinies sans lesquelles les hôtes se seraient crus déshonorés ? On n'avait plus rien à se dire...

Elle prit en horreur le café que l'on servait comme une rareté partout où l'on se piquait de nouveauté. Il avait été introduit à Marseille une dizaine d'années auparavant par un marchand turc. Le fin du fin était de posséder les ustensiles venus de Turquie pour le préparer et le servir.

Un an passa. Le charme de la découverte n'y était plus. Ni les conversations de Ménage. Le ciel bleu ne suffisait pas. La jeune fille s'ennuya ferme.

Dès lors, les lettres échangées avec Gilles illuminèrent sa semaine. En 1654, il y avait un courrier hebdomadaire entre Paris et Provence, le vendredi, le même qui arrivait et repartait. Elle eut l'esprit de confier à Gilles sa nouvelle prière à Dieu : « Multipliez les vendredis, je vous quitte de tout le reste. »

Cela lui plut. Comme de voir qu'elle s'inquiétait de son installation possible en Suède, où la reine Christine l'aurait payé fort cher. Il en était fier. La reine aimait s'entourer de beaux esprits. Dans sa jalousie, la jeune fille le réprimanda même d'avoir prêté quatre cents pistoles à un Suédois, « un Ostrogoth que vous ne reverrez jamais ! ». Le départ en Suède ne se fit pas. Madeleine se réjouit de voir son ami reprendre sa place à Paris, « remonter sur le Parnasse », comme elle disait.

Pour ne pas lui paraître « une pauvre campagnarde », elle lui réclamait les volumes récemment publiés de Mlle de Scudéry : « Je ne m'en saurais passer. Je perdrais beaucoup si elle cessait de travailler. » Elle-même avait cessé d'écrire en secret, mais c'était pour écrire à Gilles.

Elle aimait toujours le travail de l'écriture, s'épanouir dans les mots, raturer, rendre au plus juste ses sensations, s'y plonger jusqu'à perdre la notion du temps. Elle avait maintenant un lecteur, des plus exigeants — « Vous trouvez si rarement des lettres à votre gré » —, et elle adorait s'appliquer pour ce lecteur.

À sa manière, en avril, elle célébra le souvenir du printemps qu'ils avaient découvert ensemble l'année précédente : « Que pensez-vous donc que soit la couleur des arbres depuis huit jours ? Répondez. Vous allez dire : "Du vert." Point du tout, c'est du rouge. Ce sont de petits boutons, prêts à partir, qui font un vrai rouge, et puis ils poussent tous une petite feuille, et comme c'est inégalement, cela fait un mélange trop joli de vert et de rouge. Vous en souvient-il ? nous couvions cela des yeux, nous pariions de grosses sommes — à ne jamais payer — que ce bout d'allée serait tout vert dans deux heures. »

À la lire, Gilles avait envie de retrouver Madeleine, il sentait les douleurs de la séparation, il retrouvait l'ardeur de sa passion. Il refusait pourtant de s'y abandonner. Au moment même où se répandait à Paris la carte du Tendre, il réussissait à se promener de Nouvelle Amitié à Billet galant, à Soumission et à Tendre-sur-Estime, les villes de ce royaume imaginaire et délicieux. Il s'abîmait dans le fleuve Inclination et évitait la mer Dangereuse, semée d'écueils, celle de l'amour.

Cela convenait à Madeleine. Elle vivait à distance, dans des rapports ambigus avec son galant, les plaisirs et les dangers amoureux. Elle lui décrivait à merveille la tendresse, la clé de ces rapports. « La seule qui y mette de la joie, et qui, par un privilège particulier, sans tenir rien du dérèglement de l'amour, y ressemble pourtant beaucoup. » L'absence de dérèglement, l'absence de chagrin, voilà ce que souhaitait la jeune fille blessée.

Un jour, pourtant, son emportement naturel reprit le dessus, et le désespoir. Non pas d'être éloignée de Gilles, mais d'être éloignée de Paris, du monde, perdue. La Provence l'exaspérait. « Il n'y a rien de doux ici ni de tempéré, écrit-elle à Ménage. Les rivières sont débordées, les champs noyés et abîmés, la Durance a quasi toujours le diable au corps. Tout y est extrême, les chaleurs, les sereins, les bises, les pluies hors saison, les tonnerres en automne. »

Ce n'était rien encore.

10

Seule, à La Mousse

Quand donc finirait son exil en Provence ? Madeleine se désolait. À leur arrivée à La Mousse, elle et sa mère avaient trouvé un Renaud malade, refusant de sortir, ressassant ses déceptions politiques. Au printemps 1654, il parut reprendre goût à l'action. Courriers et envoyés parisiens défilaient à la bastide. Bien que les Sévigné tinssent Madeleine à l'écart de leurs projets, elle ne pouvait manquer de voir ce remue-ménage et souhaitait qu'il annonçât un retour prochain dans la capitale.

« M. de Sévigné s'en va ? » s'exclama-t-elle, surprise, en le voyant monter dans le carrosse de campagne, un matin de mai. Son domestique portait plusieurs valises. Il ne semblait pas que son déplacement dût être bref.

« Oui, il doit régler certaines affaires », répondit évasivement Isabelle.

En vérité, les affaires du cardinal de Retz. On avait caché à la jeune fille qu'après la mort de l'archevêque de Paris, en mars, le coadjuteur, toujours emprisonné

à Vincennes, avait signé sous la contrainte la démis-
sion de ses droits à l'archevêché. On l'avait conduit en
résidence surveillée à Nantes. De là, il appelait à la
rescousse ses fidèles, dont Sévigné et Brissac.

Quand elle l'apprit par hasard, en visite chez les
Vins, Madeleine fut effondrée. Si Renaud reprenait la
lutte contre le pouvoir royal, quand finirait cet interminable exil en Provence ? Dans l'attente, dans la solitude, son humeur s'assombrissait. Et l'inquiétude
visible d'Isabelle pour son cher époux n'était pas de
nature à la réconforter.

Quelle ne fut pas sa stupéfaction quand, en août,
elle vit à son tour sa mère se préparer à un grand
voyage ! Cette fois, elle exigea des explications. On
l'abandonnait, on l'enterrait dans cette minable
bastide.

« Pourquoi ?

— Le cardinal de Retz s'est enfui le 4 août du château de Nantes. M. de Sévigné l'y a beaucoup aidé.
Tout devait se faire dans le secret. Maintenant, le cardinal est à Belle-Île, il va sans doute se rendre en
Espagne et...

— En quoi cela vous concerne-t-il, ma mère ?
coupa Madeleine.

— Je dois parler à mon époux. S'il veut saisir la
chance d'obtenir un jour le pardon royal — et ce ne
sera pas pour demain ! — il doit prêter au plus tôt un
nouveau serment de fidélité à notre roi. Je le sais de
source sûre. Il faut que je l'en informe, répéta Isabelle,
et que je le convainque de le faire.

— Mais, ma mère, où allez-vous ?

— Je ne sais encore où je le rejoindrai. Sûrement
pas à Paris. Lyon, peut-être, ou Le Mans. Vous resterez
ici, ma fille, avec Malo, ses hommes et Fanchon. Je
n'emmène que Renoux et mes femmes. Vous serez à
l'abri. Mme de Vins viendra vous rendre visite. »

C'était bref, bref et sec. Madeleine était désespérée. Sa mère l'abandonnait, seule, dans une maison qu'elle détestait de plus en plus. « Ce n'est pas moi qui ai voulu y venir, se disait-elle en ravalant ses larmes. Ma mère, elle ne pense qu'à son Renaud. Et lui, toujours du mauvais côté. Maudit cardinal ! Ce Renaud, c'est mon mauvais génie. »

Ménage et sa mère partis, il ne lui restait plus que sa dévouée Fanchon. Cette femme mûre, pleine de finesse, marquée par les malheurs et la mort de son fils, avait failli devenir Mme Scarron. Elle ne serait probablement pas devenue marquise de Maintenon... Mais partout où elle passait, on distinguait son esprit et sa bonté.

D'emblée elle avait acquis au village de Lambesc grande réputation. Elle n'avait pas sa pareille pour pulvériser les queues et les cœurs des grosses vipères et administrer cette poudre contre les vomissements, pour guérir les plaies avec des emplâtres de crottes de chien pétries avec du vin, pour rassurer les femmes en mal d'enfant. Mais elle réservait ses soins à « Mademoiselle », qu'elle adorait, s'occupant de son linge, l'abritant du soleil avec une grande ombrelle, s'ingéniant à lui adoucir son exil provincial.

Ce samedi 19 septembre, il faisait une chaleur accablante. L'été n'en finissait pas. Madeleine avait tenté une promenade dans le bois de pins. Les aiguilles des résineux, desséchées, craquaient sous ses pieds. Marcher était un supplice. Pas un souffle d'air. Vivement la nuit pour apporter un peu de fraîcheur.

Le souper terminé, elle se réfugia avec Fanchon sur le banc de pierre qu'abritait la tonnelle de vigne vierge, fort sèche elle aussi. Comme d'habitude, la cuisinière qui demeurait au village voisin rentrait chez elle. Mme de Sévigné avait finalement emmené avec elle Renoux et Malo, mais les hommes de Malo étaient là. Ils logeaient dans la « maison du paysan », tout à côté de l'aile principale. Une fois refermée l'unique porte de la bastide — la modeste réplique d'Ansouis — au battant épais de chêne, la jeune fille que Fanchon ne quittait pas, était en sûreté.

Près de huit heures... Il faisait toujours aussi lourd. Le vent d'est s'était levé et traînait des nuages bas, de plus en plus nombreux. Fanchon apporta à Madeleine un verre d'eau de fenouil vert. La plante infusée, passée dans une étamine parfumée d'un soupçon d'ambre préparé, la rafraîchissait toujours. Elle la préférait à celle de fleur d'oranger qu'elle trouvait écœurante.

« Allons-nous avoir un orage ? » demanda-t-elle, en voyant les nuages s'amonceler, le ciel se couvrir davantage et les bourrasques se multiplier.

À son arrivée à La Mousse, elle avait connu un ou deux orages de printemps, rapides et légers, qui laissaient vite place à des arcs-en-ciel glorieux, à un ciel lavé. Mais elle appréhendait les fameux orages de la fin d'été, fréquents dans la région. Après plusieurs mois de complète sécheresse, ils arrivaient, porteurs de pluie redoutable et de violence. Cette année, la saison avait été particulièrement chaude. Cela promettait !

Fanchon se voulait apaisante. On avait refait le toit de tuiles de la bastide. Il était solide. Sous peu, la nuit tombée, elles rentreraient toutes les deux, à l'abri. Que craindrait-elle dans... La femme s'interrompit. Une charrette légère s'arrêtait devant la maison. Un adolescent en descendait, pressé.

« Vite, vite, madame, dit-il à Fanchon, on vous demande au village. La Berthe est sur le point d'accoucher. Il n'y a personne pour l'assister. Elle vous réclame. Elle n'a confiance qu'en vous. »

Fanchon regarda Madeleine, incertaine. « Allez, ma bonne », lui dit la jeune fille avec calme.

Pour rien au monde, elle n'aurait avoué qu'elle mourait de peur à l'idée de rester seule. Et puis la Berthe était une petite paysanne en danger, de deux ans sa cadette, dont un homme avait abusé, peut-être dans la paille d'une grange, la risée du village. Pas question de retenir Fanchon. Elle pouvait aider, qui sait ? sauver Berthe. Madeleine avait vingt ans. Elle ne voulait pas se conduire comme une enfant. Elle devait profiter de cette soirée pour lire tranquillement.

En quelques minutes, Fanchon fut prête. Elle monta à l'étage avec sa jeune maîtresse, l'installa dans sa chambre, veilla à la couverture, à la chemise, aux chandelles, croisa les contrevents. Comme cela, un peu plus tard, l'air de la nuit pénétrerait dans la pièce. Oui, elle avait déjà fermé les contrevents d'en bas. Madeleine était à l'abri. Allons, l'accouchement de la Berthe ne tarderait pas. Elle serait vite revenue. Elle se hâta de descendre et de sortir. Madeleine entendit bientôt le bruit de la charrette décroître dans le soir.

Elle voulut lire un moment. Elle ne pouvait s'empêcher de regarder sans cesse les peupliers qu'elle apercevait dans l'entrebâillement des volets et qui se tordaient sous les bourrasques dans le crépuscule. Les premiers roulements de tonnerre grondèrent dans la direction de Salon. Madeleine tâchait de se rassurer. L'orage passerait peut-être au loin ?

Tout à coup, il fut là. Les éclairs zébrèrent la nuit devenue noire. Elle les voyait par les fentes des contrevents, cela l'effrayait mais elle n'avait pas le courage de se lever pour les fermer. Dans le silence de la campagne, le fracas des tonnerres, qui se répercutait contre les collines de la Trévaresse, la terrifiait. Elle se sentait comme une enfant dont le père a disparu. Je suis seule, complètement seule. Qui appeler ? Qui m'entendrait ?

Elle maudissait Renaud, la cause de ses maux, elle maudissait sa solitude, le mariage de sa mère, cette maison perdue dans une contrée sauvage. Les éclairs illuminaient sans interruption la chambre. Le roulement des tonnerres ne cessait plus. Mais il ne pleuvait toujours pas. Il faisait toujours aussi lourd.

Soudain, elle entendit un bruit sec. Un arbre foudroyé ? abattu ? Non, c'était dans la maison. Elle en était sûre. C'était même le claquement de la porte d'entrée. Elle cessa de mordre et de déchiqueter la dentelle de ses draps, d'un bond s'assit dans son lit, aux aguets. Malgré les éclats de l'orage dehors, elle entendait qu'on montait l'escalier de bois. Qui, mais qui ?

Elle comprit aussitôt. Fanchon, dans la précipitation de son départ, avait dû oublier de fermer la porte à clé. Et voilà... Guidé par la lueur des chandelles qui brûlaient près d'elle, quelqu'un montait, pénétrait dans sa chambre. Madeleine étouffa un cri.

« N'ayez pas peur, lui dit d'une voix calme l'homme qui entrait. Je suis un cousin de Brissac. Il m'a parlé de vous, de cette bastide. Je vais à Marseille m'embarquer avec mon escadre pour la Turquie. J'ai été pris par cet épouvantable orage. J'ai trouvé votre maison, j'ai attaché mon cheval. Je n'ai eu qu'à pousser votre porte. Elle n'était pas fermée. »

Il continuait en bredouillant : « Je ne vous croyais pas seule. Je vous croyais en famille. »

En vérité, Madeleine ne s'attendait pas à voir cet officier gêné, mais séduisant. Et le jeune homme ne s'attendait pas à trouver, couchée, cette fille superbe, mais affolée, les cheveux défaits, la chemise en désordre, une épaule dénudée, qui le regardait plutôt comme un sauveur que comme un ennemi. Il arracha ses bottes, sa veste, s'approcha du lit avec lenteur. La fille brusquement s'accrocha à ses mains comme une naufragée à sa bouée. D'abord il fut surpris puis tout alla très vite.

Madeleine en avait assez d'être seule, d'avoir peur toute seule. Un homme, n'importe qui. Et cet homme lui parlait doucement, la rassurait, la cajolait comme une petite fille, il s'occupait d'elle, la caressait, des caresses merveilleuses, meilleures encore que celles qu'elle s'était inventées. Elle en avait assez d'entendre parler d'amour, d'entendre Catherine d'Olonne lui raconter des scènes d'amour brûlantes, Ménage lui réciter des poèmes d'amour tarabiscotés, lui écrire des lettres pleines de son amour impossible. Connaître elle-même l'amour... Assez de l'amour tendre et de l'amour rêvé.

Ce qu'elle avait cru possible avec Renaud, non, ce qu'elle s'était imaginé avec lui, ce plaisir, il était là, à sa portée. Elle se sentait perdue, elle avait besoin de s'appuyer sur des bras solides. On ne la repoussait pas. Elle s'abandonna.

Elle s'étonna, au début, d'avoir très mal. Puis elle se laissa emporter dans un plaisir inconnu. Trois fois, quatre, cinq fois, avec la fureur de l'insatisfaction. Les mouvements tantôt réguliers, tantôt haletants de l'homme la berçaient, la soulevaient de bonheur. Dans le ciel, les éclairs s'espaçaient, le tonnerre se calmait. Par les fenêtres ouvertes, elle entendit de grosses gouttes de pluie s'écraser sur la terre assoiffée.

Quand Fanchon rentra, recrue de fatigue après une nuit passée auprès de Berthe, elle s'aperçut tout de suite que la porte n'était pas verrouillée. Elle avait laissé la clé dans la serrure. Tourmentée, elle monta en hâte chez Madeleine.

Mademoiselle dormait paisiblement. Ah, bon, elle

n'avait donc pas entendu l'orage. En avait-il fait pourtant du bruit, cette nuit! Dire que la jeune fille s'en effrayait à l'avance si fort! Enfin, ici heureusement, malgré son oubli, tout s'était bien passé. Ce n'était pas comme au village. La pauvre Berthe était sauvée. Mais l'enfant, malgré ses efforts, n'avait pas vécu.

Le lendemain, au moment où, comme chaque matin, elle changeait les draps de Madeleine, Fanchon demeura perplexe. Qu'est-ce que ces taches? et pourquoi du sang? Mademoiselle avait eu ses règles il y avait bien huit jours...

11

La Provence. Fin

Isabelle de Sévigné rentra à La Mousse le surlendemain, mécontente. Rien n'était décidé pour la rentrée en grâce de Renaud. Il fallait attendre. Il risquait encore la confiscation de ses maigres biens.

Madeleine s'en exaspéra, puis se remit à l'étude. Elle progressait dans la lecture de l'italien. Ménage lui en avait enseigné les rudiments. Il lui écrivait de temps en temps dans cette langue. Une fois même, il lui demanda son avis dans une querelle qui l'opposait à l'académicien français Chapelain sur un vers de Pétrarque. « Dans ce vers, *O che spero* est-il exclamatif (oh, je l'espère) ou relatif (ce que j'espère) ? »

Chapelain penchait pour la seconde interprétation, Ménage pour la première. Ce dernier fit appel à l'Académie de Florence : les deux interprétations étaient valables.

De loin, Gilles prenait plaisir à revivre leur printemps en Provence. Il y consacra un recueil entier de poèmes, qu'il publia. Madeleine fut heureuse de le recevoir et de se découvrir présente à toutes les pages.

Il n'y avait point à Paris, dans le monde des lettres, de femme plus célébrée que cette jeune exilée. Les félicitations affluèrent, les unes aigres-douces comme celles de Marie de Sévigné, d'autres, sincères, comme celles de Costar. Le vieil érudit n'oubliait pas son « Incomparable ».

À ses moments d'ennui, Madeleine se réfugiait dans les souvenirs de sa nuit de septembre. Elle retrouvait les sensations fortes qu'elle avait vécues. À vrai dire, elle n'en craignait pas de conséquences fâcheuses. L'homme partait pour la Turquie, avait-il dit, elle ne le reverrait jamais. D'ailleurs, elle le reconnaîtrait à peine. Il avait apaisé sa peur atroce, effacé sa panique et lui avait donné un plaisir inconnu.

Tout s'arrêtait là. Personne ne devait savoir, personne ne saurait ce qui s'était passé cette nuit d'orage à La Mousse. Elle s'en persuadait chaque jour. Sa mère, soucieuse comme elle l'était de son Renaud, ne risquait pas de rien remarquer. Elle n'avait d'ailleurs jamais rien remarqué qui concernât sa fille, pas même son chagrin lors de son remariage. Quant aux choses de la vie, elle ne lui avait jamais parlé de rien.

Instruite, savante même, Madeleine avait sur sa sexualité des connaissances théoriques, anarchiques, glanées au hasard des rencontres. Le cas pour beaucoup de filles à l'époque. Pour ses treize ans, Fanchon lui avait annoncé l'arrivée prochaine de ses règles et expliqué rapidement leur signification.

Gênée peut-être par son audace à parler d'un sujet qu'il était bienséant de taire, elle le fit de manière si énigmatique que Madeleine avait eu du mal à la suivre : « Chaque mois, mademoiselle, à une certaine date du mois, si vous êtes malade, c'est-à-dire si vous souffrez de perdre votre sang, vous vous portez bien. Mais si vous croyez vous porter bien, si vous ne perdez pas de sang, vous êtes malade, c'est-à-dire enceinte. »

La Provence. Fin

L'adolescente se dit qu'elle comprendrait le moment venu... Du moins, grâce à la bonté de Fanchon, ne s'effraya-t-elle pas la première fois.

Un peu plus tard, elle eut recours à la bibliothèque de son père — puisqu'elle avait la chance d'en avoir une — pour parfaire ses connaissances. Elle le fit à la sauvette, de peur d'être surprise et grondée.

Elle trouva, dans des livres de médecine, le terme « excrément », pour désigner le flux menstruel. Cela la choqua. Comme elle fut indignée du mépris dont témoignaient certains médecins, à la suite de Galien, pour « le tempérament humide et froid des femmes », le même que celui des criminels, opposé au « tempérament chaud et sec des mâles, qui les rendait aptes à toutes choses ». On était loin du refus orgueilleux de l'homme qu'affichait la Scudéry, loin des amoureux respectueux et transis du pays de Tendre.

De Catherine, sa voisine de la rue Férou, Madeleine avait tiré des renseignements précis. Le franc-parler de la future comtesse d'Olonne n'était pas énigmatique, lui. C'était même pourquoi Madeleine, en ce début d'octobre, ne s'inquiétait pas d'être grosse. Certes, elle n'avait pas, comme le conseillait son amie, « mis sur le boudin blanc le linge destiné à recevoir la liqueur d'amour ».

Mais Catherine lui avait affirmé : « Beaucoup d'entre nous se moquent de toutes les précautions. Elles aiment mieux recevoir un plaisir certain, infaillible et répété que de s'en priver par la peur d'une incertaine grossesse. De cent filles qui chevauchent en secret, il n'y en a pas deux qui engrossent. Et c'est vérité connue et expérimentée des médecins qu'il faut que les deux décharges, celles de l'homme et de la femme, se passent ensemble pour engendrer et engrosser. »

Madeleine se souvenait parfaitement des discours

de la délurée, et forte de ces belles déclarations, se confortait dans l'idée qu'elle n'avait couru aucun risque.

Un mois passa. Elle ne fut pas « malade », ne souffrit d'aucun flux de sang. Elle demeura silencieuse mais commença à se poser des questions. Fanchon aussi. Qu'avait donc Mademoiselle ? Que s'était-il passé la nuit de l'orage, la nuit où elle avait oublié de verrouiller la porte de la bastide, la seule nuit où elle n'était pas restée auprès de la jeune fille ? On s'était donc introduit dans la maison. Qui ? Fanchon ne pouvait soupçonner les hommes de Malo. Ils n'étaient pas au courant de son départ. Ils étaient retirés chez eux quand elle était partie au village. De toutes façons, impossible de questionner Mademoiselle. La dévouée servante néanmoins se sentait coupable.

À tout hasard, elle prépara une décoction de trois plantes, rue, armoise et graines de persil. Elle en gardait toujours avec elle. Ce n'était pas violent comme l'herbe aux puces ou la racine de fougère mâle, qui pouvaient tuer un enfant dans le ventre de sa mère et l'expulser. Sans parler de l'antimoine ou du soufre... Ces plantes-là favorisaient simplement les contractions utérines. Elle s'en servait parfois, avec bonne conscience, pour accélérer le travail quand elle aidait telle ou telle femme à accoucher.

Pourquoi ne pas les essayer sur Mademoiselle, se dit-elle ? Si Mademoiselle voyait arriver Monsieur le Cardinal, l'homme en rouge, ses règles, quoi ! quel soulagement pour elle ! Et pour moi donc !

Elle fit boire à Madeleine de sa potion. Celle-ci ne demanda pas pourquoi. Savait-elle ? Se doutait-elle ? Elle continuait à ne rien dire mais endurait mille tourments, perdait le sommeil, pâlissait, se plaignit enfin... d'un point de côté. La fièvre se déclara.

Foirus, le réputé médicastre d'Aix, appelé en

consultation, la décréta « fièvre tierce », et l'attribua à un excès de bile. Il diagnostiquait de son mieux. Ce n'était pas facile. Les médecins n'avaient pas coutume de toucher leurs patients. Ils les examinaient du regard.

« Peut-être un peu de mélancolie », ajouta Foirus pour avoir l'air intéressé par le cas de cette jeune personne venue de Paris, et visiblement riche. Avec la mélancolie, aucun risque de se tromper ! La maladie des femelles désœuvrées.

Les jours passant, l'inquiétude et les maux de Madeleine empiraient. Une première fois, en écrivant à Ménage, elle parla de sa fièvre et de son point de côté, et laissa filtrer son désarroi : « Puissé-je n'avoir pas un mal plus long et plus dangereux ! Si cela était, vous devriez avoir crainte de me perdre. » Tandis que Gilles, le 5 novembre, recevait cet alarmant message, Fanchon se décidait à parler à sa maîtresse.

Profitant d'un moment de repos de la jeune fille, elle rejoignit sa mère dans la grande salle et n'y alla pas par quatre chemins : « Madame, j'ai très mauvaise opinion des langueurs de Mademoiselle. Le 7 du mois passé, elle n'a pas eu mal à la langue ni aucun de ses maux accoutumés. Je crains qu'il n'en soit de même ce mois-ci. Je redoute une grande et durable incommodité pour Mademoiselle. Si ce malheur se confirmait, il faudrait que Madame... »

Mme de Sévigné se leva brutalement de son fauteuil et interrompit Fanchon : « Cette fille me fera donc mourir. Que s'est-il passé ? Que savez-vous ? » Dans sa fureur, elle laissa échapper : « Ne connaît-on pas les restringents en Provence ? »

Fâchée d'avoir lâché le mot, d'avoir montré à une domestique qu'elle connaissait (qu'elle avait utilisé ?) ces solutions astringentes, familières aux prostituées, condamnées par l'Église, dont le but, sous forme d'on-

93

guents ou de lotions, était de resserrer « les conduits de la pudeur », elle tourna le dos à Fanchon et monta dans la chambre de Madeleine.

L'interrogatoire de la mère fut serré mais la fille resta muette. Se considérant victime des agissements de Renaud et de son épouse, offensée par le départ brutal de celle-ci, se tenant excusée d'avance par l'abandon et la solitude dans lesquels on l'emprisonnait, Madeleine n'eut pas un mot d'explication. Elle soutint sans faiblir le mépris d'Isabelle, ses accusations sur son dévergondage, sa colère impitoyable.

Elle comprit qu'elle était désormais ce qu'on appelait « grosse », et se dit que, décidément, la nuit de septembre aurait des conséquences. Dans les chevauchées d'amour, se dit-elle amèrement, elle avait la malchance d'être l'une des « deux filles sur cent » dont parlait Catherine.

Pendant l'altercation, Fanchon, l'oreille aux aguets, craignait pour sa place. Elle pouvait être tranquille. Malade de rage rentrée, de jalousie et de rancœur, Madeleine ne disait rien. Pour se défendre, elle n'accuserait personne. Surtout pas la femme qui prenait soin d'elle. Même si elle avait commis une erreur. À cette mère qui n'en était pas une, jamais elle ne ferait la moindre confidence ! Par orgueil, par ressentiment, elle garderait devant elle les yeux et le cœur secs.

Cependant, le temps pressait. Pas question d'attendre le retour de Renaud à La Mousse. Puisque Mme de Sévigné avait obtenu de la reine, pour elle et sa fille, la permission de regagner Paris, on allait y partir sans délai.

Non pas pour conduire Madeleine chez une faiseuse d'anges. Leurs manœuvres étaient trop souvent dangereuses, plus dangereuses même que les accouchements. Et puis c'était bon pour des femmes de rien, des femmes sans mari. Madeleine n'en avait pas non

La Provence. Fin

plus, mais avec sa jeunesse, sa beauté, sa dot surtout, on ne tarderait pas à lui en trouver un. Ensuite, la coupable partirait avec son époux, n'importe où. De loin, on ne saurait pas exactement quand l'accouchement aurait lieu.

Qui n'était passé par là ? Pour les gens du monde, rien à redire. L'essentiel pour Isabelle. En un éclair, elle vit même le parti à tirer de la situation. Elle serait débarrassée de sa fille, seule avec son époux. Après tout, la petite était charmante. Elle se rappelait la première visite de Renaud. Il guignait Madeleine. Plus de danger désormais qu'il lui tournât autour. Sans un mot ni un geste d'affection pour sa fille, elle sortit.

Madeleine avait fait front. Elle n'en pouvait plus. Les pleurs l'étouffaient. Quel serait son avenir ? Montrée du doigt comme la pauvre Berthe ? Adieu, les honneurs, le beau mariage qui donne à l'épouse la liberté sous une apparence de soumission ! Et quel ridicule, cette grossesse, pour une fille qui enviait la carrière de Mlle de Scudéry, se piquait de bel esprit, refusait les dérèglements de l'amour et les soupirs de son galant, refusait même d'écouter les petits marquis lui conter fleurette.

Elle se sentait blessée dans sa vanité comme dans son corps. Le pire, c'était qu'elle eût éprouvé tant de plaisir à se donner à l'Inconnu, comme elle le nommait pour elle-même. La honte l'accablait.

Pour en sortir, elle se réfugia une fois de plus dans l'écriture. « La honte est la plus violente des passions », nota-t-elle dans ses carnets. Elle n'était pas près de l'oublier. Elle écrivit aussi ce soir-là à Ménage. « Nous quittons La Mousse et la Provence. Pour toujours. Ma mère souhaitait attendre que M. de Sévigné ait permission de nous rejoindre ici. Mais ma mauvaise santé nous oblige à aller plus tôt qu'elle l'avait prévu dans des lieux où l'on puisse espérer du secours. »

95

Quel secours ? Madeleine avait vingt ans, elle ne serait majeure qu'à vingt-cinq ans. D'ici là, elle dépendait de sa mère. Qu'allait décider cette femme, trop occupée de ses propres affaires, qui ne l'aimait guère, qui ne l'avait jamais aimée ?

Dans l'immédiat, Mme de Sévigné décida de brusquer le départ, les bagages et le voyage. Pas question, sur le chemin du retour, de flâner comme à l'aller. En dépit de la mauvaise saison, le carrosse des La Vergne semblait voler, emporté par le galop de ses six chevaux.

Pour éviter la montagne de Tarare, sûrement enneigée en cette fin de novembre, on prit la Loire de Roanne à Briare. Les deux voyageuses demeuraient taciturnes, Madeleine inquiète de son avenir incertain, sa mère échafaudant des plans pour sortir d'affaire. Elles arrivèrent à Paris le 4 décembre 1654.

Le ciel était gris, annonciateur de neige prochaine. Madeleine se rappelait la pluie de leur départ. Le temps avait passé. Vingt et un mois déjà. Il lui semblait une éternité. En franchissant la porte de la rue de Vaugirard, elle se sentait déçue, énervée, recrue de fatigue et de chagrin. Elle eut soudain besoin de Gilles, Gilles pédant, savant, délicat, assommant, sensible, Gilles amoureux.

Quand elle fut installée dans sa chambre, une domestique lui apporta sur un plateau un petit opuscule de Ménage, récemment imprimé, qu'il avait déposé à son intention et qui portait en titre : « Sur la fièvre de ma Phyllis. » Elle l'ouvrit, commença à lire : « L'orgueilleuse Phyllis brûle enfin à son tour. Elle brûle, il est vrai, mais ce n'est pas d'amour. » Elle sourit et se rasséréna un peu.

12

Chaillot, encore

Où courait donc sa mère tous les après-midi ? Depuis le retour à Paris, on n'avait pas repris les réceptions rue de Vaugirard. Pour cause. Renaud toujours interdit de séjour dans la capitale, l'humeur d'Isabelle n'était pas aux mondanités.

Mais elle sortait chaque jour en carrosse. Faisait-elle des visites dans l'intérêt de son époux ? pour hâter le pardon royal ? Madeleine n'en savait rien. Suite à son algarade de La Mousse, sa mère, fâchée sans doute de son mutisme, usait de représailles et ne lui adressait plus la parole. Songeait-elle seulement à s'occuper de l'avenir de sa fille ?

Elle l'abandonnait et la tenait au logis comme une recluse. Ménage, cependant, fidèle et empressé, faisait à Madeleine visite sur visite. Il l'avait retrouvée avec joie mais s'affligeait de sa pâleur. « Peut-être le ciel gris de Paris après le soleil de Provence ? » Elle ne travaillait plus son italien, n'avait goût à rien. Elle se raidissait quand il lui parlait de sa tendresse, affichait un sourire emprunté. Comme si elle lui cachait quelque chose.

Catherine d'Olonne s'était présentée inopinément rue de Vaugirard. Impossible de l'éviter. « Quelle mauvaise mine que voilà, lança-t-elle en entrant. Ce n'était pas la peine de changer d'air ! Qu'est-ce que cette méchante robe de laine sombre ? Ma chère, vous devriez m'accompagner à cheval au Cours-la-Reine. J'y vais demain galoper avec le petit cousin de Guiche. »

Elle exaspéra Madeleine avec ses habituelles histoires lestes. La jeune femme n'avait plus envie de les entendre. « Et quant à ses leçons d'initiation sexuelle, parlons-en... » Désormais les domestiques eurent consigne de ne pas ouvrir la porte à Mme d'Olonne. Mademoiselle ne pouvait la recevoir. Elle avait un mauvais rhume, dont elle ne pouvait se débarrasser.

Peu avant Noël, Madeleine eut des nausées violentes chaque matin. Fanchon lui tint la main, lui fit prendre des jaunes d'œuf, la panacée selon elle pour les personnes grosses, tenta de la rassurer. En vain. La jeune femme sentait l'enfant s'installer de plus en plus dans son corps, l'enfant, tant redouté, source de ses maux et de sa honte. De voir sa mère demeurer toujours aussi muette sur son sort, la rendait folle.

N'y tenant plus, faisant fi de tout amour-propre, elle questionna un soir le cocher Renoux.

« Mon brave, d'où ramenez-vous ma mère ? lui demanda-t-elle de son air le plus dégagé.

— Mais de la Visitation de Chaillot, mademoiselle. Nous y allons souvent depuis que nous avons quitté la Provence. La route n'est pas longue. Hier elle était un peu glacée, les chevaux glissaient, surtout au retour. Pas comme dans la montagne de Tarare, hein, mademoiselle ! ajouta-t-il avec un gros rire.

— À la Visitation de Chaillot ! » Madeleine était assommée. Elle se réfugia dans sa chambre. Dans l'impossibilité de se confier à personne, elle était condamnée à ruminer ses pensées et ses appréhensions. C'était donc cela. Sa mère allait la mettre au couvent et y négociait son entrée.

À aucun moment, elle en était sûre, les scrupules religieux n'avaient effleuré Mme de Sévigné dans cette affaire. Elle ignorait toujours les circonstances de l'aventure de sa fille. Mais elle ne la considérait pas comme une faute qui la privait de l'amour de Dieu et nécessitait son pardon. Elle ne réagissait pas comme une chrétienne fervente. Faute ? oui, aux yeux du monde. Le couvent était le seul moyen de la faire oublier. Si elle allait si souvent à Chaillot, c'était pour y jeter bientôt Madeleine. L'horreur ! On y mettait les filles rebelles ou dévergondées, celles qui gênaient pour une raison ou une autre. On les y enterrait.

Bien sûr, songeait Madeleine, on dit que certaines religieuses ont la vocation. Un instant, dans sa rancœur, l'effleura sa brève rencontre avec Louise de La Fayette, son visage illuminé — par quoi ? sinon par la grâce —, inhumain presque, son air extraordinairement doux et bon. Elle ne s'y attarda pas.

On disait aussi que d'autres allaient au couvent librement, avec leur fortune personnelle, s'y faisaient une petite cour, devenaient très vite « Madame la supérieure », exerçaient un certain pouvoir. Vraiment ? Qu'en savait-on ? Allait-on dans le secret des cellules débusquer leur impatience, leur désarroi ou leurs larmes ? Elle se rappela le portrait que la Scudéry avait fait faire d'elle, en vestale, pour mieux affirmer son mépris des hommes. Mais c'était un jeu. Madeleine ne jouait pas. Elle avait vingt ans. Sa mère allait l'emmurer vivante.

« Tenez-vous prête pour trois heures, ma fille. Avec votre manteau noir. Nous irons à la Visitation de Chaillot admirer le présent que j'ai fait au couvent pour Noël, un splendide tableau de l'école de Murillo, une Nativité. » Si Madeleine n'avait été aussi troublée, elle aurait pensé : Tableau de circonstance. Elle se résigna : Voici donc le moment, et monta dans le carrosse comme au supplice.

Pour le couvent récemment inauguré, la toile était une aubaine. Elle garnissait le dessus du maître-autel, jusque-là nu. Ces dames admirèrent longuement l'œuvre avec la supérieure, la mère Lhuillier. C'est le prix de mon entrée au couvent, se dit Madeleine. Elle se sentait perdue, percée à jour.

Elle ne s'aperçut pas que, silencieusement, Louise de La Fayette venait de les rejoindre. Quand elle la vit, elle se détendit un peu. Et quel soulagement quand la mère supérieure lui dit : « Allez donc voir au réfectoire, avec sœur Louise de la Miséricorde, le portrait de notre vénérée fondatrice Jeanne de Chantal. » L'air revêche de la fondatrice aurait découragé n'importe quelle jeune postulante. Mais Madeleine ne la regardait pas. Les yeux bleus de Louise, près d'elle, la rassuraient.

Elles s'assirent. Louise parla, longuement, sereinement. Pas de questions retorses, pas de piège pour faire avouer la coupable. Rien à avouer. Il n'y avait pas de coupable. Une âme en difficulté peut-être, qui avait besoin de retrouver le droit chemin de l'amour de Dieu. Elle le retrouverait dans une vie désormais consacrée — Madeleine frémit —, consacrée — Louise répéta le mot — au bien de la famille qu'elle allait fonder, à l'époux qu'on lui destinait.

Madeleine crut tomber des nues. On ne la jetait pas au couvent ? Louise continuait sans paraître remarquer l'émoi de la jeune femme.

On allait la marier à son propre frère, François de

La Fayette, un comte, qui avait des terres en Auvergne. « Notre famille en est originaire. Une de nos grands-mères est Bourbon-Busset. Les Bourbon-Busset ont un château près de Vichy. Mon frère vient enfin, après d'interminables procès, de récupérer ses terres auvergnates — la puissante famille de Lude les lui disputait. Nous avons un oncle évêque de Limoges, un homme bon et cultivé. »

Madeleine n'en croyait pas ses oreilles. L'espoir renaissait en elle. Certes, le mariage n'était pas un idéal. Ni pour elle ni pour la majorité des femmes qu'elle connaissait. Mais il lui permettait d'échapper à l'enfermement du couvent, de se faire peut-être, plus tard, grâce à son habileté, une vie relativement libre et, dans l'immédiat, de ne plus rougir de la honte d'avoir un enfant sans père.

Elle entendit à peine Louise lui dire son regret que son frère eût vingt ans de plus qu'elle, des maisons hypothéquées et cent mille livres de dettes. Une seule chose comptait. Il désirait se remarier pour assurer la survie de sa race. Une obsession chez les gens de qualité. Sa sœur avait cherché et déniché, dans les relations du couvent, cette petite La Vergne, dont la mère était, par Renaud, apparentée aux Sévigné et à la vénérée fondatrice. Un vrai miracle !

Isabelle n'avait pas changé d'avis. Depuis les révélations de Fanchon sur Madeleine, elle pensait que le mariage était la solution élégante aux problèmes de sa fille. Elle avait de l'argent. Avec de l'argent, il n'était pas difficile de se procurer un mari. Un bon mari ? c'était autre chose. En tous cas, un mari provincial qui emmenât dans sa province, très vite, Madeleine faire ses couches, loin de Paris et de son monde.

Elle avait trouvé que La Fayette était le meilleur parti possible. Pas besoin de le rencontrer. Elle s'était fiée à Louise, qui, avec l'oncle-évêque, avait mené les pourparlers. La noblesse du comte était fort ancienne mais, veuf et ruiné, il acceptait à n'importe quelles conditions d'épouser une fille riche.

Peu importait à Mme de Sévigné qu'il eût presque son âge, qu'il fût laid et peu soigné de sa personne, qu'il ne connût rien aux salons parisiens, bâillât d'ennui devant le moindre livre, adorât vivre en Auvergne comme un ours dans sa tanière et n'y fréquentât que son proche voisin, l'abbé Bayard. Louise lui avait raconté tout cela, la sotte, par scrupule d'honnêteté, sans doute. Elle s'en moquait. Madeleine verrait bien. Elle en avait assez de s'occuper d'elle et de fréquenter chaque jour, dans leur couvent glacial, ces religieuses circonspectes et empesées.

La décision prise, autant presser les choses. Fin janvier, on annonçait le mariage. Marie de Sévigné, pressentie, acceptait d'être le témoin de Madeleine. Ménage demeurait invisible.

Le 16 février 1655, Mlle de La Vergne épousait en l'église Saint-Sulpice le comte François de La Fayette. Date bizarre que ce lundi de la première semaine de carême. D'ordinaire, on évitait de se marier pendant ce temps de pénitence. Loret, dans sa livraison hebdomadaire, le releva et se moqua : « Cette jeune beauté peut dire avec vérité que, quand le carême commence, elle finit son abstinence. » Madeleine heureusement n'avait pas la tête à lire les gazettes.

Dans l'église familière et toujours inachevée, elle vit la cérémonie comme en un rêve. Elle revivait la scène du réfectoire de Chaillot et se rappelait sa reconnaissance éperdue à Louise de La Fayette de l'avoir sauvée. La savante et naïve Madeleine repensait à sa stupeur d'alors devant le miracle — elle se répétait ce mot — qui la tirait d'affaire.

Chaillot, encore

Sans la questionner, sans savoir son malheur, — sinon elle y aurait fait allusion —, sans connaître la honte qui la rongeait, Louise la tirait de l'abîme. Dans le réfectoire, sous le regard sévère de Jeanne de Chantal, la jeune femme contemplait avec admiration la visitandine qui, dès leur première rencontre, avait touché son cœur, ses yeux bleus si brillants, ses mains si blanches, sa voix si douce... Que le mari qu'on lui destinait et qu'elle ne connaissait pas fût le frère de cette Louise, le parait de toutes les vertus. Voilà un homme qui sans rien soupçonner la prenait pour femme, un homme qui la laverait de la honte dont elle était submergée.

Maintenant il était près d'elle à Saint-Sulpice, grand, maigre, décharné presque. Elle ne le voyait pas. Il symbolisait pour elle tous les paladins de la terre, tous les héros des mondes enchantés dont elle connaissait par cœur les histoires, et qui sauvaient de malheureuses jeunes filles terrorisées, isolées sur leurs rochers ou dans leurs grottes, tous les Roland, les Astolphe et les Cyrus, ou mieux, le merveilleux Roger de l'Arioste, délivrant l'exquise Angélique sur le point d'être dévorée par un monstre marin.

Oui, pensait-elle dans son exaltation, elle se consacrerait à cet homme, comme le lui avait recommandé Louise. Et durant sa vie entière. Ce n'était pas trop pour remercier le Ciel d'une chance si incroyable. Et pour commencer, elle avait son idée...

Il n'y eut ni festin ni bal rue de Vaugirard. L'absence de Renaud l'expliquait amplement. Après un souper hâtif, le couple se retira dans la chambre de Madeleine. Un feu joyeux brûlait dans la cheminée. Fanchon avait disposé friandises et vin de Bourgogne. Le nouvel époux voulut s'asseoir pour y goûter. Docile, la jeune femme prit un fauteuil. Cela l'arrangeait. Elle était décidée et voulait parler au comte avant de se donner à lui, ne rien lui cacher, lui avouer sa faute. Son seul espoir de mener désormais avec lui une vie convenable.

Elle respira un grand coup et se jeta à ses genoux. « Je vais vous faire, monsieur, un aveu que l'on ne fait d'ordinaire pas à son mari. Mais l'innocence de mes intentions m'en donne la force. » Et de lui raconter ce qu'elle avait tu à sa mère, à tous les autres, la nuit d'orage à La Mousse. Bouleversée, elle ajouta : « Quelque dangereux que soit le parti que je prends, je le prends avec joie pour me rendre digne d'être à vous. Je vous demande mille pardons. Du moins, à l'avenir, je ne vous déplairai jamais par mes actions. »

Le comte resta quelques instants abasourdi. Il regarda avec stupéfaction le visage couvert de larmes de sa femme, et tandis que les bûches s'écroulaient dans l'âtre, il lui jeta : « Enfin, madame, vous imaginiez-vous que je ne savais pas votre faute, que je vous croyais vierge ? Peu importe les circonstances. Je suis au courant. Vous attendez un enfant. Ne savez-vous pas que l'on m'a payé pour cela, que votre mère va payer mes dettes ? Je vous en prie, ne parlez pas de vos actions futures, de notre vie commune. Laissez-moi vivre à ma guise. Je vous donne mon titre et mon nom. Cela suffit. Dans quelque temps, nous partirons pour l'Auvergne, vous y ferez vos couches dans le secret. Je l'ai promis à Mme de Sévigné. »

Il ajouta : « Votre aveu paraît vous avoir coûté beaucoup. Remettez-vous, gardez donc vos forces pour le lit. »

Madeleine, tout au long de la nuit, demeura muette et glacée. Sa naïveté, toujours. Toujours ignorante de ce qui se tramait autour d'elle, pour elle, ne l'apprenant que dans la souffrance. L'inutilité de son effort surtout la désespérait. Avait-elle eu du mal à cet aveu ! Il n'avait servi à rien. Chacun savait sa faute. Personne n'était dupe de ce mariage truqué, personne, sauf elle.

Le lendemain, dans sa grande salle, Scarron, le maudit railleur, racontait à la cohue de ses visiteurs l'histoire d'un homme qui était arrivé d'Auvergne le vendredi, était passé chez le fripier le samedi, chez le notaire le dimanche, s'était marié le lundi. L'homme pouvait dire : « *Veni, vidi, vici* », je suis venu, j'ai vu, j'ai vaincu. Et Scarron de s'esclaffer.

Il était content de son histoire. Sa femme, Françoise, se tordait de rire en l'écoutant, et Marie de Sévigné aussi, la spirituelle marquise venue en voisine. Pour les faire rire plus encore, il ajouta : « J'ai vaincu, dit l'homme... Mais personne ne crut que la victoire avait été sanglante. »

13

Nades

Mme Scarron, née Françoise d'Aubigné, se pencha poliment vers Madeleine : « Je vous souhaite un agréable séjour dans vos terres d'Auvergne, madame de La Fayette...

— Comtesse, madame la comtesse de La Fayette, donnez-lui donc son titre, ma belle », rectifia Marie de Sévigné en pouffant de rire. Elle ajouta entre ses dents, pour la seule Françoise : « Il lui coûte assez cher ! »

Madeleine avait fort bien entendu la remarque de Marie. Elle se l'était répétée le lendemain en partant de Paris et pendant le voyage avec son mari. Un voyage vers le sud encore, mais qui ne ressemblait en rien à celui de mars 1653, deux ans plus tôt. Contre toutes les habitudes du temps, Isabelle de Sévigné, en mariant sa fille, ne lui avait pas donné un sou en avance de son héritage.

Quant à l'argent disponible venu de l'héritage paternel, Orget, le notaire et ami de Madeleine, s'en servait pour rembourser peu à peu les dettes de La Fayette, comme prévu par le contrat de mariage. Un gouffre ! Il avait ménagé de quoi procurer au couple un carrosse à simple fond, avec cocher, postillon et un homme à cheval. On était loin du somptueux équipage de naguère.

Heureusement Fanchon était là, mais Madeleine devait partager le huis clos de la voiture avec un époux bourru, bougon et illettré. Ménage, le galant et savant amoureux, avait disparu. Disparu de sa vie. Depuis l'annonce du mariage, il n'avait répondu à aucun des billets de la jeune femme. « En voici trois que je vous écris sans avoir de réponse. Vous mettez ma patience à rude épreuve. » En vain. On l'aurait dit enlevé par une troupe de nymphes... Reprendrait-il avec elle les échanges intellectuels qu'elle aimait ?

Marie en revanche avait promis d'écrire à la jeune femme. Elle devenait moins méprisante, moins jalouse envers elle. Toujours entichée de noblesse, la petite-fille du financier Coulanges était impressionnée par le titre que Madeleine avait empoché. Elle était fière d'être son témoin au mariage. D'une blondeur de rêve, frisée à ravir, entièrement vêtue de velours bleu de France, elle avait représenté à Saint-Sulpice, en l'absence de Renaud, la branche des Sévigné et manifesté sa parenté avec la nouvelle comtesse. Même si son bon cœur la plaignait un peu, elle n'était pas fâchée de voir la petite partir au fin fond de l'Auvergne. Vite, elle allait reprendre son ascendant sur Ménage et retrouver la première place dans ses poèmes !

La boutade à Mme Scarron, Madeleine se la répétait sur le chemin verglacé, couvert de neige, que l'on suivait en direction de Gannat. Depuis Moulins on avait abandonné la route vers Lapalisse, rude souvenir du précédent voyage. C'était maintenant pire encore.

Le froid était plus vif, il neigeotait souvent, les chevaux glissaient sans cesse. Les arbres poudrés de blanc auraient pu inspirer à Gilles quelque citation choisie. François de La Fayette ne pensait qu'aux loups qu'il allait chasser. Il ne parlait que pour demander à ses hommes s'ils en apercevaient dans les fourrés de plus en plus denses au bord du chemin.

« Mars, n'était-ce pas trop tard pour les battues ? Ce maudit mariage avait tout dérangé. »

Bien sûr, les armes des La Fayette étaient peintes sur les portières du carrosse. Maigre satisfaction... Marie avait raison. Le titre de comtesse coûtait fort cher à Madeleine. Elle le pensait amèrement en passant le portail de bois de Nades, le château de son époux. Quand elle entra dans la cour, son amertume se changea en désespoir.

« Madame, voici le Château-Vieux », lança le comte. Vieux, à coup sûr. De château il n'avait que le nom. Un mur d'enceinte en brique à demi écroulé. À part une tour qu'occupait son mari, un unique corps de logis, exigu, mal éclairé, avec une chambre seulement par étage. Un escalier fort étroit les reliait. Au troisième niveau, le grenier, la seule pièce remarquable, avec une charpente apparente aux lattes de chêne admirablement ajustées. La cheminée du rez-de-chaussée était censée chauffer l'ensemble. On voyait que l'argent manquait pour entretenir tout cela.

La jeune femme redescendit dans la cour. Pas de pavement, un mélange de boue et de neige. Deux châtaigniers paraissaient égarés dans un paysage banal que ne relevaient ni le cours d'une rivière, ni le touffu d'une forêt, ni le moindre escarpement pittoresque. Elle remonta chez elle, effondrée.

De sa chambre, au premier, elle n'avait pour perspective que la grange, vaste comme une église, et qui lui barrait l'horizon. Ni tapis ni tentures, des fenêtres mal jointes par lesquelles passait un air glacial. Un lit, médiocre, et deux chaises. Ni fauteuils ni table à

écrire. Les murs étaient tachés d'humidité. Sa première soirée fut lugubre.

Dire que c'était dans ce décor minable qu'elle
devrait mettre au monde l'enfant. L'enfant détesté. Qui
prenait de plus en plus de place en elle. Qui l'obligeait
à vivre dans cette horrible demeure. Si La Fayette au
moins avait compris son aveu, le soir des noces, son
désir sincère d'effacer sa faute... Mais il n'était qu'un
être grossier et jouisseur. Il ne ressemblait en rien à sa
sœur. On s'était servi de Louise pour la tromper. Sa
mère l'avait jetée dans les bras du premier coquin
venu. Madeleine en était sûre. Elle en eut bientôt
confirmation.

Un après-midi où par extraordinaire le temps était
doux, elle entendit de sa chambre par la fenêtre
ouverte, les voix du comte et de Bayard. Ils se diri-
geaient vers les écuries.

« Quand la comtesse aura fait ses couches, dit La
Fayette, nous irons à Limoges visiter mon oncle
l'évêque. Il me faut faire la cour à ce vieux grigou ! Je
me dois de lui présenter mon épouse.

— Je ne sais, mon ami, s'il vous couchera sur son
testament pour autant... Il paraît qu'il avait demandé à
son frère Georges de vous sermonner avant votre
mariage, de vous faire entendre raison, d'abandonner
vos "excès", quoi. Le frère lui a répondu : "J'ai parlé à
notre neveu et lui ai lavé vigoureusement la tête. Je
crains que ce ne soit lessive perdue." L'évêque était
très mécontent. »

Lessive perdue ? À coup sûr, pensa Madeleine.
Elle commençait à connaître les « excès » de son
époux. De boisson d'abord, de cette eau-de-vie de
seigle, très âpre, qu'il affectionnait. Excès de langage,
de brutalité lorsqu'il s'emportait contre un domestique
ou contre sa meute de chiens. Excès de vulgarité avec
ses vestes et ses mains sales, sa barbe négligée. Excès,

elle s'en doutait, avec son cher Bayard qu'il voyait tous les jours, parcourant les bois et les prés avec lui, ou passant d'interminables heures dans son château de Langlard.

Un vrai château, celui-là — Madeleine y était allée une fois, à son arrivée en Auvergne — avec de vraies tours, de vrais appartements, de nombreuses cheminées et des meubles dignes de ce nom. Avec une vue magnifique sur la vallée de la Sioule en contrebas, vers laquelle le terrain s'inclinait doucement.

Bayard avec ses beaux habits de chasse et ses cheveux bouclés n'était pas pour autant plaisant. Dès que Madeleine l'avait vu, à Saint-Sulpice, comme témoin de son mari, elle l'avait trouvé sournois et prétentieux. Du moins, pendant qu'il occupait François de La Fayette, la jeune femme respirait-elle plus librement.

Avril était anormalement froid. On était le dimanche 18. Emmitouflée dans son élégante cape fourrée de martre, promise jadis à un avenir meilleur, Madeleine marchait au bras de Fanchon. La cour, bordée en partie par les hideux bâtiments de la ferme, encombrée de détritus, d'instruments agraires abandonnés, de bûches mal rangées, heurtait à chaque instant le regard. Comme d'habitude, la jeune femme se blessait de sa laideur.

Sa servante la pressait. Le soleil faisait mine de percer dans un ciel très pâle. Il ne pleuvrait pas. Du moins pas tout de suite. Fanchon lui avait proposé d'aller découvrir, sitôt prête, la curiosité du Château-Vieux, la source d'eau chaude. Ce n'était pas une rareté dans cette région. Mais elle s'était dit que la source distrairait peut-être « Mademoiselle ». Elle ne l'avait pas encore vue.

Son humeur s'assombrissait de façon inquiétante.

Il fallait trouver quelque chose. De toute façon, marcher un peu ne lui ferait pas de mal, et puisque la jeune femme s'était dispensée elle-même de la messe au village voisin d'Ebreuil... Sept mois déjà. L'enfant pesait sur son ventre, l'étouffait. Depuis le pénible voyage de Paris en Auvergne, elle ne supportait plus les secousses du carrosse.

Il était dix heures environ. Prés et chemins étaient encore tapissés de blanc. Madeleine prenait garde à ne pas glisser sur le sol glacé. Elle se fatiguait, bientôt se traînait. « Où donc, cette fameuse source ? » Fanchon s'interrogeait. Une mauvaise idée, cette promenade ? Elle ne s'était pourtant pas trompée. Elle avait repéré l'endroit exact. « Enfin, nous y voici. »

Obstinée, minuscule, malgré la gelée qui saupoudrait tout alentour, la source jaillissait entre des cailloux. Puis, captée par une frêle écorce de chêne, elle s'engageait vaillamment à travers l'herbe givrée. Au bout de deux mètres, il y avait une dénivellation. L'eau tombait de l'écorce dans une cuve en pierre, et sa chaleur active suffisait à réchauffer la masse stagnante. « Oh, la buée légère ! »

Fanchon était contente. Madeleine s'intéressait à la source, se penchait pour tremper ses doigts dans le mince filet d'eau chaude, s'émerveillait de la force de cette fragilité. Elle ne sentait plus sa fatigue. Elle voyait dans la source un symbole.

À son exemple, elle triompherait des difficultés, de la froideur, de la grossièreté ou du silence des autres. Elle ne s'en soucierait plus, suivrait son chemin, elle finirait bien par rencontrer de bonnes choses sur sa route. En tout cas, elle ne se découragerait pas. Ce serait dur. Elle y parviendrait coûte que coûte. Elle avait vingt et un ans depuis un mois. Rien n'était perdu. Il suffisait de le croire.

À voir rosir les pommettes de sa chère maîtresse,

Fanchon ne se tenait plus de joie. Satisfaite d'elle-même, elle la gava, en rentrant, de jaunes d'œuf et lui fit sur les reins une application d'huile de camphre. Les occasions lui étaient rares à Nades de déployer ses dispositions à soulager les femmes. Celles des villages avoisinants lui fermaient leurs portes, persuadées de détenir les meilleurs remèdes et les protégeant jalousement. Elles n'avaient pas besoin de cette étrangère.

Fanchon d'ailleurs ne trouvait pas mauvais de réserver à sa maîtresse toute sa compétence. Elle devrait la montrer bientôt, dans une occasion exceptionnelle, l'accouchement de madame la comtesse. Le comte en effet ne voulait engager ni médecin ni sage-femme — « Trop cher, pour un bâtard. » Madeleine dépendait entièrement de son époux pour ses dépenses et mettait son point d'honneur à ne rien lui demander. Alors il faudrait bien que Fanchon l'assiste.

Le soir, la jeune femme eut recours à son remède favori. Elle l'avait négligé depuis son arrivée. Une erreur. Elle fit sortir de son coffre son écritoire et apporter du grenier dans sa chambre une table à écrire. Elle était vermoulue, ne présentait plus la moindre trace de vernis ou de peinture. Tant pis, elle avait quatre pieds. Même enceinte jusqu'au menton, Madeleine pouvait écrire.

Elle se raconta l'histoire de la source tenace, rêva longtemps, ratura beaucoup, à son habitude. Elle s'apaisa. Avant de souffler les chandelles, elle pouvait conclure avec sincérité : « Ce que j'éprouvais de l'inconstance de la fortune me la rendait méprisable. Je trouvai le repos et la tranquillité que j'avais perdus. »

Plus question de repos, le 18 juin vers les quatre heures du matin. Madeleine appela sa dévouée servante. L'accouchement lui semblait proche. Pour s'en assurer, Fanchon, arrivée en hâte, flanquée, comme prévu, de Rose, la cuisinière, lui posa des linges chauds sur le ventre. «Pas de doute, c'est cela, puisque la chaleur vous fait souffrir davantage encore. »

Elle observa les rites, dénoua les beaux cheveux de la jeune femme, symbole de sa sexualité, défit tous les liens de sa chemise, et l'installa sur une chaise. Au plus fort du travail, elle se mettrait elle-même en face sur un tabouret bas, genoux contre genoux. Rose, assise derrière la patiente, la maintiendrait fermement par le haut du corps.

En attendant, elle ranima une flambée dans la cheminée, tant la chambre, malgré la saison, était humide. Madeleine tremblait de peur mais son plus cher désir était de se débarrasser enfin de ce fardeau encombrant et haï. Tant pis pour la souffrance ! Elle s'y attendait, c'était la règle pour toutes, et pour elle le prix du rachat de sa honte.

Les heures passaient. Le soleil regardait la scène de son œil rond et doré. Madeleine ne s'attendait tout de même pas à souffrir autant. Elle commença à crier et à se débattre. «Soulage-moi, Fanchon, suppliait-elle, ou bien ouvre-moi le ventre. Je n'en peux plus. »

Alors Fanchon lui présenta une éponge imbibée de liqueur de lierre grimpant. Cela l'endormirait un peu. Ensuite elle lubrifia de saindoux les parties de la jeune femme et ses propres mains. Elle savait qu'un bon accouchement était un accouchement rapide. Deux jours parfois, il durait ! c'était la catastrophe. Elle frissonna en pensant à la longue nuit de travail de la Berthe. Allons, il fallait accélérer les contractions. Elle appliqua sur le ventre de sa maîtresse un cataplasme de lin et de lait.

L'après-midi s'avançait. Aucune des servantes ne pensait à manger. Fanchon tentait de faire gober à la comtesse un œuf. «Vois-tu, Rose, c'est pareil, l'enfant nage dans ses eaux comme le jaune d'œuf dans sa glaire. Cela va l'aider. »

Elle humectait d'eau de mélisse et de cannelle les lèvres et la langue de Madeleine, « sèches comme si elles avaient été rôties, madame » ! Rose implorait sans trêve sainte Marguerite, patronne des femmes en couches. Le jour déclinait maintenant dans cette chambre qui empestait la sueur, l'effort et la douleur. Qu'elles étaient loin de Madeleine, ses belles amies de jadis, les « précieuses » comme on disait pour se moquer, celles qui refusaient les réalités les plus triviales !

Cependant Fanchon se rassurait. « Voilà. Nous y sommes. La dilatation de la matrice atteint la grosseur du pain d'un sou. Courage, madame ! » Elle avait appris que c'était la bonne mesure. Déjà elle se préparait à saisir délicatement la tête du nouveau-né, à recevoir le petit dans son tablier.

« Seigneur ! gémit-elle tout à coup. Je vois ses fesses, ses pieds menus. Comment va-t-il sortir ? Les pieds devant ! L'affreux présage. » Elle se tut. Trop tard. Malgré sa douleur atroce, Madeleine avait compris. L'enfant se présentait mal. La pire crainte des accouchées !

Elle s'affala dans les bras de Rose qui la soutenait toujours vaillamment. Elle ne se rendit plus compte de rien. Au bout d'un moment, elle perçut, non pas un cri, mais une plainte, celle d'un petit être épuisé d'avoir souffert trop longtemps, comme étouffé avant d'avoir pu vivre. Quelques secondes encore. Il vivait. Madeleine entendit Fanchon prononcer les paroles du baptême en le bénissant. Bizarrement, ce lui fut une consolation. Juste après, la plainte légère cessa.

14

Limoges

Il suffisait de compter. La fausse couche n'en était pas une. Sans doute un enfant mort aussitôt que né. Hélas, le cas d'un nouveau-né sur quatre. Ménage avait appris par Marie de Sévigné la fausse couche de Madeleine. On en parlait parmi leurs amis. Il n'y croyait pas, lui. Il se remémorait les événements de l'automne dernier, les messages désespérés de sa bien-aimée depuis la Provence, sa crainte d'un mal infini, son retour précipité dans la capitale, le mariage bâclé avec cet ours ruiné de La Fayette, le départ en Auvergne, loin des suspicions malveillantes.

Il ne fut pas dupe non plus de la lettre faussement désinvolte de la jeune femme en août 1655. « Vous rencontrez assez souvent Marie de Sévigné pour avoir appris d'elle que j'avais eu une fausse couche. Si vous ne l'avez pas su, c'est que vous ne parlez guère de moi quand vous êtes auprès d'elle. Je vous pardonne car elle est bien capable de faire oublier toutes les autres femmes. »

Elle ajoutait, comme si elle ne s'était pas aperçue

qu'il avait cessé de correspondre avec elle : « Pourriez-vous me procurer la deuxième partie de *Clélie*, le nouveau roman de Mlle de Scudéry ? »

Il ne dit mot à personne de ses certitudes mais s'entêta à ne pas répondre à Madeleine. Il avait trop souffert de son mariage subit. Et à La Mousse, que s'était-il passé ? Elle avait dû se livrer au premier venu. Pourquoi lui avait-elle toujours refusé à lui, ses faveurs ? Il l'aimait tant. Elle avait donc envie de se jouer de lui, de le faire souffrir ? La mauvaise ! Aussitôt, il se reprit. La malheureuse plutôt ! Perdue une fois de plus en province et quelle province, cette fois !

Il sentit une grande bouffée de tendresse pour elle, alla vers son secrétaire et ajouta un feuillet, déjà préparé, sur le tas épais de son nouveau manuscrit. Je fais bien, se dit-il, de lui dédier mon *Aminte*. De ce pas, je vais chez Courbé, il attend mon poème pour l'imprimer. Pas de regret.

En Auvergne, François de La Fayette se réjouissait de l'issue de « l'affaire », comme il l'appelait. Pas d'enfant. La fausse couche était parfaitement crédible. Inutile de parler de prématuré. Sa belle-mère devait être contente. Pour lui, pas d'héritier illégitime. Et la perspective de faire désormais à sa femme de véritables petits La Fayette. Quand elle aurait repris quelques forces, bien sûr.

Il la regarda d'un autre œil, apprécia qu'elle eût retrouvé son allure élancée, et fin août quitta de temps en temps sa tour pour lui rendre visite par les nuits étoilées. Le ciel était avec lui. Il avait remarqué que Madeleine aimait les livres. Elle aimait donc sûrement les nuits étoilées et autres fariboles de poètes.

Il n'eut pas besoin de s'appliquer longtemps à ces visites, ni d'essayer le charme des soirées au coin du feu — autre faribole. Quand la Saint-Hubert arriva et la saison de la chasse, il était libre de reprendre ses courses avec son cher Bayard. L'esprit en paix. Madeleine était enceinte. De lui.

La jeune femme était moins contente que son époux. Elle avait obéi comme il se devait. Le comte l'avait épousée pour qu'elle paie ses dettes et assure la survie de sa race. Oui. Mais la perspective d'un nouvel accouchement l'effrayait. Elle se sentait encore épuisée. Pourtant le souvenir de la minuscule chose qu'elle avait si peu vue la poursuivait. Ce petit être gémissant, elle l'avait tant détesté pendant neuf mois. Il l'avait quittée si vite. Un autre, bien vivant, braillard et affamé, effacerait son regret, sa honte. Pourquoi pas ? Fanchon la réconfortait : « Les enfants, il faut les vouloir, les aimer. N'ayez pas peur. Cette fois, madame, tout ira bien. »

En attendant, il fallait survivre au pénible hiver auvergnat, rester emmitouflée et enfermée dans la sinistre demeure. Madeleine reprit ses « écritures » comme disait Fanchon. Une fois les réponses faites aux nombreuses lettres de compliments sur sa fausse couche, aux souhaits de bonne santé venus de Paris, elle dut reconnaître que Gilles demeurait muet. Elle s'en attrista, gémit sur sa solitude.

La vaillante petite source lui revint à l'esprit. Elle décida de réagir et de s'inventer sur le papier une amie imaginaire qui ne la quitterait plus. Pour la première fois elle se lança dans un récit continu avec personnages et rebondissements divers. Elle était maîtresse de tout, action, sentiments, paroles. Elle se passionnait, s'acharnait à dresser une construction cohérente. C'était encore mieux que les petits bouts disparates qu'elle écrivait jusque-là.

L'amie, elle l'appela comtesse de Tende. Une comtesse comme elle. Enceinte de son amant bien-aimé, le prince de Navarre, la chanceuse ! Mais obligée, par la mort de Navarre à la guerre, de révéler à son mari la vérité. Comme elle. Si l'on veut...

Le mari, gouverneur de Provence, comte de Tende, ne pense qu'à sa réputation, s'interdit colère et vengeance. Sa femme, dévorée de remords, ne supporte pas de vivre coupable. Elle accouche d'un prématuré, qui meurt aussitôt. Elle meurt à son tour, heureuse d'épargner à son époux la mortification d'un enfant illégitime et d'une femme adultère. En réalité, elle meurt de honte, la plus violente de toutes les passions.

La lettre où Mme de Tende avouait sa faute — « la plus difficile qui ait peut-être jamais été écrite » — occupa Madeleine des soirées entières.

Quelle amère volupté à s'adresser à un comte, si différent du sien, et à tracer sur le papier : « Je vais faire paraître l'état où je suis. Le public ne l'a jamais soupçonné. Cachez-en la honte et faites-moi périr quand vous voudrez et comme vous le voudrez ! » Quelle vengeance aigre-douce à imaginer l'époux vaniteux mais finalement généreux, qui conseillait à la coupable : « Conduisez-vous comme si vous aviez toujours été ce que vous deviez être. » Et Dieu ! qu'il parlait bien de l'« indigne destinée » de sa femme...

Dans l'aveu que faisait la comtesse de Tende à un époux délicat, dans les déclarations d'amour que Navarre lui prodiguait, la comtesse de La Fayette trouvait la force d'oublier ses déceptions et la médiocrité de son état. La profusion des mots, passion, fureur, malheur, réputation, qu'elle traçait de sa plume adoucissait l'amertume de son âme. Elle en oubliait son mari.

Il l'oubliait aussi, chassant sans relâche avec Bayard, traquant les bêtes sauvages, ne répugnant pas à toucher les primes payées par l'intendant sur présentation des têtes de loups tués.

« Comprenez-moi, dit-il à son ami qui s'en étonnait. Ma femme est riche, certes. De biens immobiliers surtout. Elle paie mes dettes. Oui, mais il me faut attendre pour disposer de l'argent bloqué par les intérêts de ces dettes, pour toucher à nouveau mes fermages et les revenus de mes terres. Jusque-là, je n'ai toujours rien. Et que de paperasses, de lettres en perspective ! Cela m'insupporte. Quant aux biens de sa mère, la comtesse est surtout riche d'espérances. Sévigné-la-vieille dépense pour elle et son beau mari. »

Elle n'allait plus le faire longtemps. En février 1656, elle mourait brusquement. Sans avoir obtenu la grâce de Renaud. Mais en lui laissant un testament des plus avantageux. Prétextant sa grossesse, Madeleine ne se dérangea pas pour les funérailles de cette mère qu'elle accusait d'avoir brisé sa vie. Elle n'en ressentit aucun remords.

Elle ressentit en revanche la plus grande fureur quand Orget eut envoyé à son intention, chez un notaire de Gannat, les dispositions du contrat de mariage et du testament de sa mère. Maître Mouton en informa la jeune femme, légalement mineure, et le comte, seul habilité à ratifier ce que signait son épouse. Pour une fois d'accord, ils crurent suffoquer d'indignation.

Isabelle de Sévigné avait réservé une « part d'enfant » à Renaud, en l'occurrence la moitié de ses biens. De plus elle plaçait Madeleine dans une alternative diabolique. Ou bien elle réclamait tout de suite son héritage, la moitié des biens maternels, l'autre moitié allant à Sévigné en toute propriété. Ou bien elle lui laissait la fortune maternelle en usufruit, pour la récupérer en totalité, — après la mort de Renaud.

Un silence de plomb plana quelques minutes après la lecture de maître Mouton. La Fayette se demandait quoi faire. Il détestait ce langage de notaire, il avait peur de ne pas bien comprendre, d'être grugé.

Soudain, sa femme prit la parole, clairement et posément, sans manifester de colère. Elle déclara qu'elle adoptait la deuxième solution. Elle était jeune, elle voulait récupérer tous les biens des La Vergne. Tant pis s'il fallait attendre ! C'était viscéral. Elle ne voulait même pas envisager que sa décision comportât un risque.

Par principe, elle demanda son accord à son époux. Trop content de lui voir prendre la direction des opérations, il acquiesça. Il fut plus content encore quand il l'entendit convoquer maître Mouton pour la semaine suivante : « Je veux suivre avec vous, lui dit-elle, le procès intenté par Billon contre notre terre d'Hautefeuille. »

Elle avait dit « notre terre d'Hautefeuille ». Elle souhaitait donc s'en occuper, et des baux et fermages à recouvrer, et de Chouvigny, la ruine féodale sur la Sioule, et de la remise en état des terres arrachées aux Lude. Quel soulagement ! Allons, cette pimbêche délicate, cette intellectuelle triste, qui passait son temps à lire et écrire, mais qui lui préparait un héritier — il le reconnaissait —, c'était peut-être une affaire ?

En récompense, pour lui faciliter les opérations et par paresse, il lui signa en mai une procuration générale. Et accepta que, pour son accouchement tout proche, elle fît venir de Paris, en litière, comme elle l'exigeait, Mme Robinet, la célèbre sage-femme qui avait accouché l'année précédente la princesse de Conti à Montpellier.

Madeleine utilisa l'argent venu de la location de ses maisons parisiennes à embellir un peu sa chambre. Mais il fallait être économe. Renaud, par notaires interposés, se montrait rapace. Il exigea que la jeune femme lui rachetât comme neuf le carrosse des La Vergne. Elle avait souhaité un lit de velours rouge à fond de satin jaune, qui avait appartenu à son père, des draps et quelques pièces de vaisselle d'argent. Il réclama en contrepartie une somme en rente viagère. Il soulignait qu'il avait payé les frais d'enterrement d'Isabelle...

Fin juin, la naissance de l'héritier des La Fayette se passa vite et bien. Louis fut baptisé à Ebreuil. Ses parrain et marraine étaient deux pauvres du village. Signe d'humilité ? Ce n'était pas le genre de la comtesse. Désir plutôt de plaire, de loin, à Louise de la Miséricorde, devenue abbesse de son couvent, et surtout à l'oncle-évêque, qui représentait à Limoges la puissante Compagnie du Saint-Sacrement et prônait, sans la pratiquer lui-même, la simplicité des mœurs. Puisqu'il n'avait pu venir pour la cérémonie, le comte décida de lui mener sa femme au printemps.

Celle-ci ne fut pas fâchée de sortir de sa campagne. D'autant que Monseigneur avait le goût délicat. Il y avait longtemps que Madeleine n'avait vu une maison pareille, une telle profusion de meubles douillets, de tentures et de livres. La Fayette avait oublié de prévenir son oncle de leur arrivée. Le prélat était en tournée pastorale. Ils allaient l'attendre. La jeune femme en fut ravie. Dans ce cadre raffiné, elle s'épanouissait. Ah, si l'oncle avait la bonne idée de lui proposer de loger chez lui... Mais Monseigneur tenait à sa tranquillité.

Un soir, elle cherchait de quoi lire dans la bibliothèque épiscopale quand trois ouvrages reliés, placés sur une petite table à pieds dorés, retinrent son attention. L'évêque plaçait peut-être là les productions récentes ? Curieuse, elle ouvrit le premier. Et lut avec stupéfaction le titre : *L'Aminte* de Gilles Ménage.

Quelle surprise à découvrir le poème de son ami, là, en Limousin ! Quelle surprise plus grande encore à découvrir sur la première page la dédicace, une lettre en italien à elle adressée, pleine de *bellissima*, de *deliziossissima* et de *merito singolare*. Il évoquait les douces collines, la petite rivière provençales. Elle en tremblait de joie. L'impression du livre était récente. Gilles ne l'oubliait donc pas ?

Elle se précipita pour lui écrire le bonheur de sa découverte. Ménage ne lui avait pas envoyé le poème à elle dédiée, mais il l'avait envoyé à Monsieur de Limoges dont il connaissait le goût pour la littérature. Hasard ? Ruse peut-être. L'évêque aurait envie de connaître cette nièce que le chanoine Costar proclamait partout Incomparable. Ménage comptait qu'il la recevrait chez lui, qu'elle y verrait *L'Aminte*. Puisqu'il cherchait ainsi à la retrouver, qu'il affichait son inclination, c'est qu'il tenait à elle. Tout pouvait recommencer.

Et tout recommença.

Les lettres qui partaient une fois par semaine mais que l'on écrivait un peu chaque jour, les envois de livres à la mode — avec Mlle de Scudéry et sa *Clélie* interminable, Gilles n'en aurait pas fini de sitôt —, les discussions à propos des questions galantes qui faisaient fureur à Paris (Si le cœur peut prendre parti où la raison s'oppose. S'il faut haïr un être aimé qui ne nous aime pas...), les chicanes tendres sur de menus oublis, les échanges de vers, les susceptibilités feintes ou vraies sur la sincérité des sentiments, les questions jalouses ou inquiètes concernant Marie, les confidences.

S'y ajoutèrent désormais les plaintes de Madeleine sur sa mauvaise santé. Depuis son retour à Nades, elle souffrait sans cesse de migraines. Ce n'était pas la faute des affaires dont elle s'occupait. Elle n'y rechignait pas. Les intérêts de son fils étaient en jeu. Et puis, elle aimait la procédure, avoir raison, gagner de l'argent, le dépenser à embellir son domaine, à acquérir un secrétaire d'Allemagne en bois verni pour ranger lettres et papiers, une tapisserie représentant Astrée et Céladon au milieu des paysages du Forez.

Elle ne se résignait pas à vivre en Auvergne. Cela la rendait malade. Elle se serait crue déshonorée de fréquenter les Auvergnats, « ces gens que j'ai le malheur d'avoir pour voisins ! ». Il n'y avait de salons qu'à Paris. Elle expliquait à Gilles : « Je n'ai pas naturellement le goût du monde. Mais, quand j'ai connu son tourbillon, j'en ai été arrachée avec trop de brusquerie pour ne pas le regretter toute ma vie. »

Elle se contraignait à demeurer en province avec son époux, et regrettait chaque jour la place exceptionnelle qu'elle aurait pu avoir dans le monde littéraire, grâce au renom que lui ménageaient inlassablement Gilles et ses poèmes à la mode. Elle vivait avec difficulté cette tension.

Migraines le 21, le 26 octobre, mal à l'œil en novembre, la fièvre et mille maux de ventre. Le 5, le 12 décembre, migraines encore. On la saigne au pied tant son foie est « chaud », écrit-elle à Ménage. « Portez-vous bien, et vous serez heureux », lui recommande-t-elle, tout en se plaignant en janvier de « migraine horrible et de perte complète d'un appétit qu'elle n'avait jamais eu bien grand ». Apprenant que Marie était revenue de sa Bretagne avec une mine superbe, elle remarquait avec envie : « On se porte toujours bien quand on arrive à Paris. »

15

Vichy

« Je vous vois, madame la comtesse, toute languissante depuis la naissance de votre fils. Il a vingt
mois maintenant. Monsieur le comte souhaiterait vous
voir reprendre des forces. Vous écrivez trop, madame.
Cela vous tue, cela est cause de vos migraines, de
votre mal aux yeux. » Madeleine n'écoutait plus le ron-
ron de Lachaud, le médecin de Gannat venu la voir.

Pour l'accouchement de Louis, songeait-elle, il
était moins bavard et moins sûr de lui. Mme Robinet,
la sage-femme, la maîtresse-femme plutôt, qui s'est
d'ailleurs fort bien acquittée de sa tâche, ne lui laissait
pas oublier qu'elle était fort appréciée à Paris. Elle prétendait décider de tout et ne point s'en laisser conter
par cet obscur médecin auvergnat.

« Oui, oui, je vous entends, monsieur Lachaud... »
C'est mon époux qui l'envoie, assurément. Le coq
gratte du pied. Il voudrait un second héritier, par pré-
caution. Les nouveau-nés sont si fragiles. Je ne le sais
que trop. Pour ma santé, j'en ai parlé à Gilles. Écrire
ne me rend pas malade. Ni les chicanes, ni les procès

127

qui m'occupent. Alors ? J'ai beau me persuader que je suis heureuse, plus que reine en Europe... Je l'ai écrit : « Quand on croit être heureux, cela suffit pour l'être. » En douterais-je ? Allons, il faut me résigner. Mon mal de tête me prend souvent et je pense qu'il ne me quittera jamais tout à fait. C'est la maladie des beaux esprits, dit-on, et je serai toujours un bel esprit.

Lachaud continuait son débit monotone. Une phrase soudain frappa Madeleine : « Pourquoi madame la comtesse n'essaierait-elle pas une cure à Vichy ? Ce n'est pas loin. Ce lui serait peut-être bénéfique.

— Pourquoi pas ? répondit-elle. Si mon époux y consent.

— Monsieur le comte n'y est pas hostile », assura Lachaud.

Faut-il qu'il ait envie d'un nouveau rejeton pour dépenser tant d'argent en eau ! se dit la jeune femme. Après tout, cela me distraira.

C'est ainsi qu'au début de mai, elle prit le chemin de Vichy. Partout éclatait le printemps. Après un trajet assez court, Madeleine apprécia le charme des bords de l'Allier et l'arrivée dans la ville, entourée de vieilles murailles percées de trois portes. Elle logeait chez une parente de la marquise d'Effiat, près de l'établissement de cure.

Les eaux étaient connues des Romains, mais on venait de relancer la station. Six sources déjà étaient exploitées, dont la Grille, le Gros Boulet et les Célestins. L'établissement thermal, « la Maison du roi », datait d'une vingtaine d'années. C'était un logis petit, orienté au sud, comportant deux chambres carrées reliées par des galeries. À l'intérieur, Madeleine allait le découvrir, deux baignoires profondes, avec huit marches pour y descendre. Dehors, les fontaines où se déversaient les eaux se vidaient derrière le logis, dans un bain découvert destiné aux pauvres.

Tout de suite la jeune femme sentit le climat mondain de Vichy. De Paris, les médecins renommés y envoyaient leurs clientes aisées. La presse du temps y faisait quelques allusions flatteuses. Nicolas de Nicolaï, valet de chambre et géographe ordinaire du roi, en vantait les mérites. On répertoriait les noms des malades illustres, on louait la qualité de leurs distractions. On soulignait que l'abbé d'Harcourt ne pouvait entacher la renommée de la ville. Il était mort en s'y rendant, sur le chemin. Au contraire, si Dieu eût permis qu'il arrivât aux sources salutaires, il s'y fût guéri...

Même si les dédicaces et les poèmes de Ménage la maintenaient dans une certaine gloire, Madeleine en avait assez de paraître à ses amis parisiens comme enterrée en Auvergne. Elle décida de raconter à Marie de Sévigné les agréments et les mérites de la station thermale à la mode, qu'elle fréquentait. La bavarde le répéterait partout.

Elle commença par piquer sa curiosité avec la description de la douche : « Ma chère, c'est une assez bonne répétition du purgatoire. On est toute nue dans une baignoire souterraine. Une femme vous fait aller le tuyau d'eau chaude où vous voulez. Est-ce assez humiliant ? Le supplice de cette eau bouillante dure une demi-heure. On met l'alarme partout, puis on s'attache aux jointures. Quand on en vient à la nuque, c'est une sorte de feu et de surprise qui ne se peut comprendre. Un médecin derrière un rideau vous parle et soutient votre courage. Lachaud se croit obligé de venir pour moi trois fois la semaine. Ensuite, on se glisse dans un lit chaud, et l'on sue. J'en perce mes matelas. »

Elle évoqua les réunions du beau monde autour des fontaines. « Des Noailles, des La Barois, des Saint-

Hérem, des duchesses et des comtesses comme s'il en pleuvait. On s'y rend tôt, à six heures, on boit, on fait une vilaine figure, on va, on vient, on parle en confidence de la manière dont on rend les eaux. Jusqu'à midi. J'ai commencé par boire quatorze verres du plus méchant et du plus chaud breuvage du monde. J'en bois présentement dix-huit verres chaque matinée. Vous pensez si j'ai hâte que cela s'achève. Le goût de salpêtre est insupportable. »

Elle ajouta : « Remarquez, ma chère, la bizarrerie de cette eau. J'ai trempé hier dans une des fontaines bouillantes une rose, et l'y ai tenue longtemps. La rose fut saucée et resaucée. Quand je l'en retirai, elle était fraîche, comme si je venais de la cueillir. »

Elle n'insista pas sur les repas des curistes, faits de viandes rôties plutôt que bouillies, arrosées de vin blanc clairet, avec du miel et des épices. Elle décrivit avec amusement ses distractions champêtres, les promenades en carrosse dans la campagne, où elle croyait à chaque instant voir apparaître les bergers de *L'Astrée*, le fameux roman de d'Urfé, les bourrées dansées par les demoiselles du pays avec accompagnement de flûtes. « Leur oreille est parfaitement juste, mais elles font des déhanchements où les curés trouvent un peu à redire. »

Madeleine était arrivée dans la ville thermale, sceptique sur sa guérison : « Vous savez que c'est là que les médecins envoient les gens quand ils ne savent plus qu'en faire », avait-elle écrit à Ménage.

Quatre semaines plus tard, elle en repartit, enchantée, sans incommodités. Pour le moment. En fait, le divertissement procuré à son âme avait guéri son corps. Le changement de cadre, le monde retrouvé, le repos d'esprit avaient effacé ses maux de nerveuse.

Le début de l'été fut calme. Elle paraissait détendue, la mine plus colorée, les gestes vifs. Elle se para avec plaisir des rubans et fanfreluches rapportés de Vichy. Elle retrouva sans déplaisir son fils Louis. Et subit sans trop de contrainte les nouvelles assiduités de son époux. Décidément, les nuits étoilées réussissaient au couple. En septembre, Madeleine tomba de nouveau enceinte.

La fatigue de son état, l'ennui de l'hiver auvergnat, ses efforts pour brider sa spontanéité et se montrer contente sans l'être vraiment, la surveillance constante qu'elle exerçait sur elle-même réveillèrent son instabilité et ses malaises. La correspondance avec Ménage ne suffisait plus à combler l'éloignement de Paris.

Heureux de son mieux-être à Vichy, il lui avait envoyé quelques vers charmants : « Petit dixain, allez vite en Auvergne, Le long des bords du sablonneux Allier... » Maintenant que l'éloignement de Madeleine s'éternisait, il s'impatientait de la revoir, se plaignait de son absence, la pressait de revenir, boudait souvent, jouait de sa jalousie pour Marie et... publiait un nouveau recueil de poèmes italiens à la gloire de sa chère « Madame Laure ». Doux souvenir de Pétrarque et du Rhône.

Elle-même faisait parfois de ses maux un moyen de chantage sur Gilles : « Vous n'aurez pas loin à pousser votre constance. Je suis si malade que quand vous voudriez m'aimer toute ma vie, vous n'auriez plus longtemps à le faire. » Elle proclamait qu'à la différence des autres, « leur sorte d'amitié était bonne en absence ». Elle craignait de la perdre : « Je vous en prie, souvenez-vous de m'aimer. Je meurs de peur que vous ne m'oubliiez quand vous ne me voyez point. »

Tout la mécontentait. Elle ne savait choisir. Elle était accaparée par les procès des La Fayette. Ils la contraignaient à abandonner l'étude de l'italien, lui donnaient mauvaise conscience quand elle s'adonnait aux délices de la lecture, lui fournissaient une bonne excuse pour ne pas s'occuper de Louis — Fanchon en prenait soin.

En même temps, elle reconnaissait qu'elle n'avait aucune compétence particulière pour débrouiller ces affaires compliquées, et que pourtant ces affaires la passionnaient. L'intérêt la poussait et lui donnait des lumières inattendues. « Si ces affaires n'étaient pas les miennes, je ne les comprendrais pas plus qu'un patois allemand. Or, je les sais comme le *Pater*. » Mais c'était toujours au prix d'efforts et de fatigues infinis, même si l'excitation intellectuelle et l'espoir du succès la réconfortaient.

Maintes fois elle se plaignit au comte : « Le pire, ce ne sont pas les lettres à écrire, c'est la lenteur des courriers entre Paris et l'Auvergne. Et puis, votre homme d'affaires, ce Charbonnier, ne m'inspire aucune confiance. Il est trop loin de la capitale pour donner des conseils avisés. Il nous faudrait quelqu'un à Paris, près des juges. » La Fayette l'écoutait sans répondre, tremblant qu'elle se décourageât et cessât de s'occuper de ces conflits juridiques auxquels il ne comprenait rien.

La mort d'un de leurs prêteurs, Vallier, changea tout. Cet emprunt-là remontait au père du comte et ses intérêts atteignaient déjà la moitié du capital. Les La Fayette ne les avaient jamais payés prétextant que le prêt était usuraire. On était en procès depuis plus de dix ans.

Voici que, brusquement, le tuteur des enfants Vallier décidait d'abandonner les juridictions locales de Cusset et de Moulins, et de porter le procès à Paris. Madeleine s'en désola, d'autant plus que, par la maladresse de Charbonnier, l'affaire était renvoyée devant la Grande-Chambre. La jeune femme n'y connaissait personne. Il fallait donc avoir quelqu'un de confiance dans la capitale pour solliciter les juges, selon la coutume, et obtenir le moins mauvais rapporteur possible. Pourquoi pas elle ?

Auprès de son époux, elle n'eut pas à plaider longtemps. Au Parlement ce serait autre chose. Trois ans, cinq ans peut-être... Fréquent à l'époque ! Le comte le savait et admit, sur ses instances, qu'elle dût aller dans la capitale, s'y installer même, pour s'occuper des intérêts de leur maison, de leur fils Louis et de l'enfant à naître.

Il avait jugé à l'œuvre, devant maître Mouton ou Charbonnier, sa détermination et son intelligence. Elle saurait se servir de ses relations, de Ménage en particulier, qui se souvenait d'avoir fait des études d'avocat, et les avait aidés quelquefois déjà de ses conseils. La divine Laure allait-elle **se** transformer en redoutable procédurière ? En tout cas, ce charmant homme de loi, d'un genre spécial, ne coûterait pas un sou au ménage.

Où logerait-elle à Paris ? Elle aurait aimé habiter le quartier devenu à la mode, le Marais. Marie y était née quand il n'était encore que ramassis de financiers. Maintenant, il faisait fureur. Certains juges y demeuraient. Elle aurait là toute facilité pour les visiter. Mais les prix des loyers était exorbitants. Or elle avait l'intention de louer pour longtemps, non pour six mois.

Alors retourner rue de Vaugirard ? Elle craignait de s'y enterrer, loin des endroits en vogue, et de se blesser aux souvenirs de son enfance. Pour trouver un logement, elle mit à contribution Ménage, trop content de voir revenir son égérie. Il confirma les prix élevés du Marais. Allons, la jeune femme devait se montrer raisonnable, une fois de plus. Et choisir le quartier de sa jeunesse.

Un nouveau problème, capital, se posa. Impossible pour Madeleine de retrouver la maison de ses sept ans, de son adolescence, celle du coin des rues Férou et Vaugirard, celle de sa nuit de noces et de son cruel aveu. Renaud, depuis son retour en grâce, l'avait réintégrée et l'occupait comme usufruitier légal.

La jeune femme n'aurait, jusqu'à la disparition de Sévigné, rien de plus qu'avant la mort de sa mère, la maison louée au nonce du pape qui rapportait un revenu non négligeable et la petite maison de la rue Férou, la première bâtie par son père, celle des folies de Catherine. Elle la jugea trop modeste. Si elle revenait à Paris, ce n'était pas en pauvresse. Elle voulait paraître, aux yeux de ses juges, aux yeux du monde.

Renaud venait de voir partir le locataire de la maison jumelle de celle qu'il occupait, l'ancienne maison des parents d'Olonne, au coin des rue Vaugirard et Férou. Madeleine se proposa pour le remplacer. Elle espérait une location à titre gracieux. Après tout, cette maison était à elle. Son beau-père fut sans vergogne. Le droit était pour lui. Il lui réclama le prix normal, à quelques dizaines de livres près.

Ménage et La Fayette s'en offusquèrent. La jeune femme se résigna. Une occasion de plus de mépriser et détester Renaud ! Elle se consola même. Puisque la maison serait un jour sa propriété, elle y comptait, elle ne perdrait pas l'argent des réparations qu'elle aurait l'envie d'y faire.

16

La maison d'en face

À Paris, la grande salle de la comtesse de La Fayette ne désemplissait pas. Les gens du bel air se pressaient, en ce mardi de mars 1659, pour rendre leurs hommages à « l'aimable Doris » revenue de son exil.

Ils avaient en mémoire les vers de Ménage dont la notoriété ne cessait de croître et qui ne cessait de la célébrer : « Telle qu'au bord de l'Allier, la France vous contemple, Parmi les immortels digne d'avoir un temple... » Ils se devaient de rendre visite à la jeune femme. Et puis, curieux, amusés ou malveillants, ils venaient chercher un nouvel aliment à leurs conversations et à leurs médisances.

Ménage était arrivé le premier, fou de bonheur de la revoir. Dès le premier regard, son cœur se glaça. Où était la jeune nymphe de leur voyage en Provence, qui l'écoutait dévotement devant la tapisserie d'Ariane et s'amusait des tourbillons du Rhône ? Il l'avait quittée en juillet 1653, dans la splendeur de l'été provençal. Il ne l'avait pas revue depuis, boudant son mariage précipité.

Il retrouvait une femme marquée par la fatigue de son voyage en plein hiver, une femme enceinte de six mois, alourdie, couverte d'une épaisse robe de velours brun. Ses traits s'étaient affaissés, empâtés, son nez semblait plus long. Même ses fameux pendants d'oreilles en rubis paraissaient empruntés, ils ne convenaient plus à un visage si las. Bref, elle portait sur sa figure les tensions des années écoulées.

Presque six ! Déjà. Bien sûr dans ses lettres, elle lui faisait part de ses migraines, de ses maux de nerveuse, de ses dépressions. Il ne pensait pas que cela eût affecté à ce point son corps. Tout ce temps-là, il avait vécu, aimé en imagination.

Quand elle lui parla, il se rasséréna. C'était la même vivacité d'esprit, les mêmes yeux brillants qu'il adorait. Visiblement, elle était contente de le revoir, contente ensuite de l'afflux des visiteurs. C'était à lui qu'elle devait d'être à la mode. Elle oubliait le cauchemar de ses années provinciales.

Ils venaient en foule, les parlementaires, les petits marquis, la coterie des mondains et des beaux esprits, les Saint-Pons, les Olonne, les Barrillon et les Pommereuil, les Guiche et les Vardes, ils avaient hâte de revoir celle qu'avec Costar, désormais conseiller littéraire de Mazarin, on surnommait « l'Incomparable ».

Des nouveaux venus se mêlaient aux anciennes connaissances, Segrais et Huet, deux Normands entichés de belles lettres. Le second, le plus jeune, revenait de Suède, auréolé de la gloire d'avoir été l'invité de la reine Christine. L'autre, qui n'avait pas quarante ans, était premier secrétaire de Mlle de Montpensier, la cousine germaine de Louis XIV.

Madeleine vit même arriver chez elle les frères Villers, des Hollandais de passage à Paris, qui désiraient connaître le beau monde. On leur signala le retour dans la capitale de Mme de La Fayette, « une femme de la plus grande volée », comme une curiosité à ne pas manquer.

La jeune femme parlait, riait, insistait sur l'agrément de Vichy, que ses visiteurs ne connaissaient pas, se moquait des Auvergnats, évoquait les orages de Provence, « une rareté inoubliable ». Avec esprit, elle effaçait ce qui l'avait blessée ou ennuyée. Avec aisance, elle reprenait le fil de sa vie mondaine, justifiait sa notoriété intellectuelle.

La foule peu à peu s'en allait. Les domestiques allumaient les chandelles. Ménage ne s'attarda pas. Il devait se préparer pour sa « Mercuriale » du lendemain. Le mercredi en effet, il recevait chez lui depuis trois ans des disciples, des savants et des poètes. Il s'était fermé les portes de l'Académie française par ses moqueries, il s'en vengeait en tenant lui-même une sorte d'académie que Chapelain, « le régent du Parnasse », académicien de la première heure, ne dédaignait pas. Il reviendrait voir Madeleine pour lui parler de son nouveau poème, *L'Oiseleur*, à sa gloire évidemment. En français, en italien ou en latin, il ne cesserait de la célébrer.

Restée seule, Madeleine sentit aussitôt tomber son excitation et sa joie. Elle remarqua alors la nudité de la salle, le manque de rideaux aux fenêtres et l'abandon où était le jardin qu'elle apercevait dans le crépuscule. Elle était rue de Vaugirard, mais pas dans *sa* maison, dans une maison quelconque qu'elle louait fort cher, en face de la sienne. À l'instant lui revinrent ses maux, elle sentit le poids de son enfant, ses jambes lourdes, une profonde lassitude.

Quelqu'un lui manquait, Marie de Sévigné. Tous étaient venus, tous, sauf elle. Madeleine s'en attristait, elle avait apprécié leurs échanges de lettres les deux

137

années précédentes, l'esprit de Mme de Sévigné, bien sûr, sa sollicitude aussi et son regret de leur séparation. Elle avait cru s'en faire une amie. Elle aurait souhaité la voir le jour de son arrivée.

Marie n'était-elle donc, comme ses ennemis le murmuraient, qu'un esprit de feu sans grande cervelle, une belle aimant l'encens, donnant la louange pour en recevoir, préoccupée de son seul intérêt, incapable d'attachement ? Madeleine pensait aux prunelles de la jeune femme, fort inégales, l'une bleue, l'autre verte, et se disait avec tristesse : « Puisque les prunelles sont le miroir de l'âme, j'aurais dû me méfier de cette iné- galité et ne pas croire à son amitié. »

Tout à coup, dans un bruissement de brocart d'un bleu céleste, parée de ses blonds cheveux et de sa mine vermeille, Marie fut là, devant elle.

« Pardonnez-moi, ma douce, je n'ai pu venir plus tôt. Mon oncle l'abbé me retenait avec ses comptes. Il met de l'ordre dans mes finances, mais il m'assomme. Je ne pouvais m'en dépêtrer. Je n'ai rien oublié. Aujourd'hui, 18 mars, c'est votre anniversaire. Vous savez que je fais des bouts de l'an de tout. Ah, que je suis heureuse de vous voir ! C'est une chose étrange que la tendresse que je sens pour vous. Depuis votre déplorable mariage, je n'ai cessé de penser à vous. Ma jalousie s'en est allée. Ménage vous préférera toujours. Tant pis. Il n'est pas assez fou pour moi. C'est vous que je veux conquérir. »

Et la ravissante veuve de trente-trois ans, débor- dante de compassion et de vie, serrait contre elle la mélancolique et lourde Madeleine, qui paraissait plus que ses vingt-cinq ans. « Je vous trouve accablée, ma belle. Ne soyez pas languissante ! Quand vous le vou- lez, vous êtes adorable. Dans trois mois, vous serez accouchée, vous serez mieux. Hélas, comme vous le voyez, je suis toujours à pousser le temps par l'épaule. »

Marie parla longtemps avec tendresse. Madeleine se dénouait peu à peu, s'excusait d'être une *ritrosa belta*, comme disait Ménage, de ne pas se jeter au cou des gens à tort et à travers. En réalité, disait-elle, elle bridait sa spontanéité, refoulait sa sensibilité. Toujours le même schéma. Elle se sentait horriblement seule. Quelqu'un venait, elle s'y accrochait. Mais elle se crispait. Avec Marie, elle se laissa aller.

Son amie s'assit tout contre elle, remonta la manche de sa vilaine robe brune, lui caressa doucement le bras, lui baisa la main, effleura légèrement sa gorge. Elles se confièrent à voix basse leurs déceptions, leur crainte des hommes, leur peur des grossesses, leur besoin d'amour, leur répulsion pour la passion, leur goût pour le repos de l'âme. À mettre en commun leurs émotions, elles se sentaient différentes et pourtant semblables. Précieuses infiniment, l'une pour l'autre.

Madeleine ne s'y attendait pas. On lui demanda d'écrire un portrait de Marie pour un recueil que préparait Mlle de Montpensier, cousine germaine du roi. Les portraits littéraires faisaient rage depuis que Mlle de Scudéry les avait multipliés, sous des noms d'emprunt, dans les derniers tomes de sa *Clélie*. Elle s'attaquait à des personnes en vue, notait leurs particularités physiques et morales. Ensuite, dans les salons, on s'amusait à reconnaître les originaux.

Mlle de Montpensier, qui se piquait de littérature, voulut faire mieux. Recueillir une cinquantaine de portraits littéraires, dont les auteurs comme les modèles seraient du grand monde. On les imprimerait dans un tirage limité et luxueux de soixante exemplaires au plus. Pas question de les diffuser dans le commerce. Ce serait déroger.

Segrais, par ses fonctions auprès de la princesse, était chargé de contacter les auteurs et de rassembler les textes. À l'instigation de sa maîtresse, il s'adressa à Madeleine. Personne n'avait jamais lu une ligne d'elle. Elle ne devait sa réputation qu'aux louanges de Ménage. Mais quel garant pour les mondains ! Il ne fallait pas que la signature de Mme de La Fayette manquât dans le recueil. La princesse y tenait.

Jaloux comme un homme de lettres, Segrais ricanait intérieurement. La comtesse serait incapable de présenter un texte convenable. Elle se ridiculiserait et ridiculiserait son poète. Il se demandait aussi par quelle malice on avait demandé à la jeune femme de faire le portrait de celle que précisément elle avait détrônée dans les poèmes de Ménage.

Madeleine sentit la goguenardise de Segrais et la difficulté de l'entreprise. Elle n'avait pas le droit d'échouer. Elle ne pouvait refuser. Elle accepta sans sourciller. Si elle réussissait, c'était un moyen de faire reconnaître sa valeur, d'exister sans avoir besoin des compliments d'autrui.

De plus, elle n'avait pas apprécié le portrait de Marie, « Clarinte », par Mlle de Scudéry. La description en était trop idéalisée. Elle-même était en mesure de fournir quelques traits pleins de saveur et de rendre hommage à une amie qui lui était de plus en plus chère. Elle se mit à l'ouvrage. Avec bonheur. Et fin mai, dans son jardin en friche que réchauffait un pâle soleil, elle lut à Marie son portrait.

D'emblée, l'effet de surprise : « Je m'en vais vous peindre hardiment, sans craindre de m'attirer votre colère, et vous dire vos vérités tout à mon aise. Je suis au désespoir de n'en avoir que d'agréables à conter. »

Elle passait vite sur les qualités de Marie, que son

miroir pouvait lui dire, pour insister sur le brillant de son esprit : « Quand vous parlez, il donne un tel éclat à votre teint, à vos yeux que l'on ne voit plus qu'il manque quelque chose à la régularité de vos traits et l'on vous croit la beauté du monde la plus achevée. »

Pour titre, Madeleine avait choisi « Portrait sous le nom d'un Inconnu » et dès le début, se présentait sous les traits d'un homme, un « Inconnu ». C'était inattendu. Elle se travestissait pour écrire les louanges de Marie d'un point de vue masculin. Elle se sentait plus à l'aise pour arriver à l'essentiel : « La joie est l'état véritable de votre âme. Vous paraissez née pour les plaisirs, il semble qu'ils soient faits pour vous. Vous êtes naturellement tendre et passionnée. Mais à la honte de notre sexe, cette tendresse vous a été inutile, et vous l'avez renfermée dans le vôtre, en la donnant à Mme de La Fayette. »

C'était dit. Marie prit la main de Madeleine et lui sourit. Son mariage raté l'avait guérie des hommes. Elle aimait leur plaire, voire les exciter, non pas se donner à eux. L'amitié des femmes lui suffisait. Mlle de Scudéry le disait : « On ne l'a jamais soupçonnée de la moindre galanterie, quoiqu'elle soit la personne la plus galante du monde. »

L'Inconnu — le nom que Madeleine donnait en secret à son séducteur fugitif — affirmait que Marie, la jeune veuve, gardait son cœur pour les femmes. Cela choquerait peut-être, cela ne surprendrait pas le lecteur averti. Alors pourquoi l'allusion à Mme de La Fayette ? Non pour afficher une liaison défendue. Provocation impensable à l'époque. Plutôt pour protéger Marie. Mme de La Fayette était la préférée. Oui, et elle prenait les devants. En parlant, elle se portait caution qu'il s'agissait de relations amicales, non d'amours interdites.

Mlle de Montpensier le comprit ainsi et ne s'offusqua pas du portrait de l'Inconnu. Elle aussi, n'avait-elle pas besoin de tendre amie, comme la plupart des femmes de son monde et de son temps, qui vivaient dans l'univers clos de leur oisiveté, séparées à jamais des hommes par le sentiment inculqué de leur infériorité ?

La princesse en revanche fut irritée par l'initiative d'un libraire en vogue, Sercy, qui trouva le moyen de plagier son entreprise destinée au petit nombre. Aux portraits recueillis par les soins de Segrais, il en ajouta une cinquantaine qu'il diffusa largement.

Madeleine s'offusqua d'être mêlée à l'affaire. Même si elle ne regrettait pas de s'être compromise pour Marie, sa première incursion dans le domaine littéraire ne la satisfaisait pas. Elle allait s'occuper des procès de sa famille pour lesquels, après tout, elle était à Paris.

La naissance d'Armand de La Fayette eut lieu fin juin. Madeleine expérimenta la « chaise d'accouchement » percée d'un trou, apportée par Mme Robinet et marquée à ses initiales, qu'elle réservait à ses patientes illustres. La jeune femme n'y trouva guère de soulagement à ses douleurs d'enfantement. Du moins espérait-elle n'en avoir plus jamais besoin.

Le comte marqua sa satisfaction de la naissance d'un second héritier en envoyant à l'enfant trois dents de loup. On les lierait sur son maillot, cela l'aiderait à percer les siennes.

Se complaisant dans son état de malade et de femme enceinte, Madeleine s'était beaucoup négligée pendant sa deuxième grossesse. Il suffisait de la regarder. « Il faut penser à votre beauté, la houspillait Marie. Je deviens habile par l'intérêt que je prends à votre santé. Plus de ventre qui pèse ! Je veux vous voir promptement galoper au Cours-la-Reine. Depuis combien de temps n'avez-vous pas touché un cheval ? »

Docile, la jeune femme se soumit au supplice du bandage de ventre, à deux saignées, refusa la suralimentation, les épaisses soupes au pain, les boissons sucrées et alcoolisées que les médecins conseillaient pour « réparer le sang et remplir le vide de la matrice ». Elle s'en tint aux potages de lait, aux pigeonneaux et aux perdrix, se fit appliquer des masques parfumés à l'huile d'amandes douces sur le visage — Fanchon était aux anges.

Enfin elle voulut avoir les trois jupes dernier cri aux noms suggestifs, la modeste, la friponne et la secrète que l'on portait, sous la robe, l'une sur l'autre. Le résultat serait-il à la mesure des espérances ?

Armand avait été ondoyé. Il fut baptisé à Saint-Sulpice en septembre. Le comte se dérangea pour la circonstance. Madeleine eut une conversation décisive avec lui. Deux fils. Elle avait tenu ses engagements. À vingt-cinq ans, légalement majeure, elle pouvait disposer de ses biens sous l'autorité de son époux et s'engageait à s'occuper au mieux des intérêts de ses enfants.

La Fayette, satisfait, lui renouvelait sa confiance. Pas d'amour entre eux, pas non plus de disputes. Ils étaient d'accord. Le comte retournerait vivre dans les terres d'Auvergne. De loin, sa femme en prendrait soin. Les procès ne faisaient pas peur à Madeleine. À la seule condition qu'elle demeurât à Paris. L'Auvergne, plus jamais !

17

Retour à Vaugirard

Cette fois, on fit le baptême à la grande. Mme d'Aiguillon, nièce du cardinal Armand de Richelieu,
ancienne protectrice de Marc de La Vergne, pilier de
la Compagnie du Saint-Sacrement et du puissant parti
dévot, était marraine. D'où le choix du prénom de l'enfant, Armand.

Pour amadouer Renaud et malgré son antipathie
pour lui, Madeleine le prit pour parrain. Elle en espérait
toujours quelque libéralité. À mesure que sa santé se
dégradait, il versait dans l'austère piété janséniste et
projetait de se retirer faubourg Saint-Jacques, à
l'ombre de Port-Royal. Il y faisait bâtir une petite maison qu'il entretiendrait sa vie durant et léguerait au
monastère.

Quelques mois après le baptême, en février 1660,
il s'y installa. Madeleine sauta sur l'occasion.
Sa maison enfin était libre. Toujours intéressé, toujours
dans son bon droit, Renaud ne lui fit pas grâce de la
location. Un bail de trois ans en règle.

Madeleine retrouvait la demeure chérie de son

enfance. *Enfin* ! Une fois effacées les traces du passage de Renaud, elle s'appliquerait à l'embellir encore. Elle trouverait l'argent nécessaire dans une sage gestion des rentes et des biens dont elle disposait déjà. En attendant ceux de sa mère...

Pendant plus d'un an, tapissiers et menuisiers, peintres et jardiniers investirent la vaste maison que précédaient, à l'avant, une cour et des écuries et que prolongeait, sur le côté, à partir de la rue de Vaugirard, un très grand jardin. Il y avait longtemps que la fameuse porte ouvrant sur la maison mitoyenne de la rue Férou avait été condamnée.

« Ma chère, vous avez merveilleusement disposé votre demeure, susurra Mme de Créquy. Mes compliments.

— Hélas, Marie n'est pas là aujourd'hui pour la voir. Comme je le regrette ! Elle est en Bretagne pour ses affaires. »

C'était un jour lumineux de l'automne 1661. Madeleine recevait dans sa maison remise à neuf. Sa robe de satin aurore éclaircissait son teint. Sa taille avait retrouvé un peu de sa finesse ancienne. Sa belle chevelure était coiffée en grosses boucles. Le ciel de septembre, bleu et léger, s'accordait à son humeur. Enfuies les migraines et la fatigue. Son contentement les avait chassées et lui rendait une certaine beauté.

« La maison a embelli, confia Catherine d'Olonne à sa sœur, la maréchale de La Ferté. Elle aussi. Vous rappelez-vous son retour à Paris voici deux ans et demi ?

— Oui, la malheureuse était méconnaissable. Elle semblait grosse de quatre enfants, à voir son ventre », lança en riant la moqueuse maréchale.

Délaissant le grand vestibule du rez-de-chaussée, la bibliothèque, pieusement conservée, de Marc de La

Vergne et le petit couloir conduisant aux chambres des deux fils, les sœurs, toujours inséparables, montèrent au premier étage.

Une vaste galerie, parallèle à la rue Férou, le coupait en deux. Elle était éclairée de quatre fenêtres voilées de taffetas de la Chine pourpre, égayée de miroirs de Venise, tendue d'un damas de Gênes à fond rouge parsemé de fleurs. Des banquettes couvertes du même damas à franges d'or couraient au pied des murs. En face s'ouvraient deux salons, l'un vert, l'autre rouge. Les objets précieux n'y étaient pas nombreux. Un vase en faïence de Nevers posé sur une table de cèdre ici, un guéridon chinois là, mais les visiteurs se pressaient aux fenêtres pour admirer en bas le jardin.

Quelle merveille ! Madeleine y tenait tant. Elle aimait ses bordures de buis en arabesques, la profusion de ses roses moussues, les tilleuls plantés par son père, le bassin central d'où fusait un jet d'eau murmurant — un luxe, à Paris. Au printemps, elle prévoyait des iris, des tulipes. Elle adorait les fleurs. Elle ne se lassait pas d'expliquer à ses hôtes ses projets de jardinière.

« Un jardin digne de celui d'Astrée, remarqua aimablement Mme de Brégy. Et voici la Fontaine de la Vérité d'amour, n'est-ce pas ?

— On voit que Ménage l'a influencée avec ses poèmes, ricana Vardes à l'oreille de Catherine. Au fait, où est donc le jardinier ? »

Mélancolique, il errait. Il était censé découvrir comme tout le monde les derniers apprêts de la maison. En réalité il en avait suivi les progrès. Il savait ce qui se cachait derrière la porte du bout de la galerie, la pièce de travail de Madeleine avec bureau, fauteuils et tabourets en bois doré et damas à petites fleurs. Il y avait lu à la jeune femme son poème de *L'Oiseleur*.

Et même il avait pénétré à côté, dans sa chambre,

147

un jour qu'elle était souffrante, allongée sur un canapé de repos, près de son lit à baldaquin et à plumets de laine. Une chambre dont la couleur jonquille et le lustre à deux bras orné de glaces renvoyaient habilement la lumière de l'étroite rue Férou.

Depuis son retour à Paris, il était entendu qu'elle le recevait autant qu'il le souhaitait. Mais elle avait toujours autre chose à faire... Morose, il se rapprocha du groupe qui entourait Madeleine.

« Vous n'avez pas à regretter le Marais, madame, lui disait le gros Louis-Victor de Vivonne. Votre maison en est digne. Et puis, vous avez un nouveau voisin. Prestigieux. Le duc de La Rochefoucauld. Depuis peu, depuis le mariage de son fils, il s'est installé près d'ici, rue de Seine.

— Une splendeur, cet hôtel de Liancourt, coupa Mme du Plessis-Guénégaud. Sa belle-fille l'a apporté dans la corbeille de noces. Le duc en profite. Normal, après tout, c'est son oncle maternel qui l'avait fait construire. Vous pourrez rencontrer La Rochefoucauld chez moi, à Paris ou à Fresnes, continua la brillante Élisabeth en souriant à Madeleine. Il y vient souvent. Vous serez toujours la bienvenue. »

Voilà ce que Ménage craignait pour son idole. Le tourbillon du monde. Elle avait entrepris l'étude du latin avec lui. Déjà elle ne s'y appliquait plus. Il regrettait les leçons où leurs têtes étaient si proches... Et ces deux scribouillards, Huet et Segrais, qui ne la lâchaient pas d'une semelle et qu'elle traitait avec déférence !

Dire qu'avec lui, qui avait fait sa réputation, elle ne communiquait plus que par des billets courts et pleins de sécheresse. « Venez chez moi tout à l'heure, il fait froid » — ou « je suis souffrante. » « Accompagnez-moi demain, je dois solliciter le juge Benoise. » « Ne venez pas tantôt, je ne puis vous recevoir. »

Elle s'excusait à peine, se moquait de lui : « Gage,

gage, que vous êtes en colère contre moi pour la deux cent millième fois », le menaçait même : « Croyez-moi, ne vous amusez point à vous fâcher. »

Tandis qu'il s'activait pour ses procès ou ses affaires, elle courait ici et là à la recherche de nouveaux amis, ou à la Visitation de Chaillot voir la reine d'Angleterre que sa belle-sœur, la mère de La Fayette, lui avait fait connaître.

Elle revenait chez elle, exténuée, préjugeant de ses forces pour mener le fatigant jeu du monde, usant son esprit pour y briller et triompher de sa timidité naturelle, se contraignant à absorber des festins qu'elle digérait toujours mal. Mais elle ne pouvait s'en passer. Elle allait répondre à l'offre de Mme du Plessis-Guénégaud et se précipiter chez elle, il en était sûr.

Quelle ne fut pas sa surprise de recevoir à la fin de l'hiver une lettre pressante de Madeleine : « Accourez rue de Vaugirard. J'ai recours à vous pour toutes choses. Agissez avec la plus grande discrétion. Je suis éloignée d'avoir pour vous l'indifférence dont vous m'accusez souvent. »

Une invitation amoureuse ? Gilles ne put s'empêcher d'y penser. Il se rappelait pourtant les paroles de Madeleine le rabrouant vertement à son retour à Paris : « Vous ne me verrez plus si votre amitié augmente. Vous savez les bornes que j'y ai mises. » Depuis, elle avait proclamé partout sa méfiance pour la passion et son refus de l'amour. Alors ?

Il comprit vite quand on l'introduisit dans le cabinet de Mme de La Fayette. Il s'agissait de littérature. Malgré ses maladies et ses mondanités, la jeune femme en secret continuait à écrire. Elle venait de terminer une *Princesse de Montpensier* et voulait l'annoncer en confidence à son « premier ami au monde ». Gilles réprima un sourire. Comme il avait été — un instant — naïf ! D'une femme comme Madeleine, il ne pouvait attendre mieux.

Elle avait écrit un roman, lui disait-elle, les yeux brillants. Encore un. Sa *Comtesse de Tende* l'avait mise en appétit. Maintenant, c'était l'histoire d'un adultère manqué et d'un beau gâchis. Un roman fait de ses fantasmes et de ses échecs, pensa Gilles.

Brièvement elle lui expliqua l'essentiel : « Cela commence mal, et cela finira mal, ajouta-t-elle avec mélancolie. L'héroïne aime non point le prétendant qu'on lui destine mais son frère, un Guise. Elle en épouse un autre et demeure amoureuse de Guise. Quand enfin une rencontre de nuit doit avoir lieu entre les amants, le mari, amoureux et jaloux, arrive inopinément. L'amant s'enfuit et se hâte d'oublier la belle. Le confident fidèle se dévoue pour affronter le mari. Il sera tué par erreur. L'héroïne, bourrelée de honte — je vous lis la fin, dit Madeleine, "meurt de perdre à la fois l'estime de son mari, le cœur de son amant et le plus parfait ami qui fût jamais".

— Intéressant, risqua Ménage. Cela changera des fades romans à fin heureuse sur fond d'exploits guerriers. Et pourquoi ce titre ?

— Peu importe, coupa Madeleine. Le titre donne un petit air historique à l'œuvre. Comme je parle de princesse, on ne risquera pas de confondre mon héroïne avec la véritable duchesse de Montpensier. »

Voudrait-elle, sans l'avouer, se demanda Ménage, faire sa cour à la cousine du roi, qui se pique de belles lettres ?

Déjà Madeleine enchaînait : « Vous allez relire ma *Princesse* et corriger les fautes que j'ai pu y laisser. Et puisque vous connaissez l'éditeur Augustin Courbé, celui qui imprime vos poèmes, vous vous occuperez de l'impression du roman. Il n'est pas question que je publie sous mon nom de comtesse de La Fayette. Je ne le galvauderai pas. En outre, je n'ai pas envie d'être prise pour une de ces ridicules précieuses qui admirent la moindre rimaillerie, font des bouts de vers à propos de tout, et que Molière a tellement maltraitées et raillées dans une comédie voici bientôt trois ans. Vous veillerez à l'anonymat. »

Gilles acquiesçait, décidé d'avance à satisfaire son idole. Il avait tant envie de retrouver leur complicité d'autrefois. La jeune femme précisait : « Je ne veux pas passer sous mon nom dans des mains inconnues, je le répète. Mais je n'ai pas l'intention de laisser la *Princesse* dormir dans mes tiroirs comme la pauvre *Comtesse de Tende*. Je veux savoir ce que le public en pense, ce que vous en pensez. »

Dès la première lecture, Ménage en pensa le plus grand bien. Pour les beaux yeux de Madeleine, il se serait résigné, une fois de plus, à n'être que son faire-valoir, trouvant une amère satisfaction à se voir du moins préféré aux scribouillards.

La beauté de l'ouvrage, les scènes inoubliables qu'il y découvrit, comme la rencontre des jeunes gens sur la rivière, le bal masqué où le duc d'Anjou identifie son rival heureux, la folle nuit de la conquête manquée et du sacrifice du confident, lui donnèrent des raisons supplémentaires de s'activer efficacement.

Le privilège du roi, indispensable, fut accordé en juillet à Courbé, qui s'associa pour la diffusion à deux autres libraires parisiens. L'impression ne devait pas tarder.

Quelques jours après l'enregistrement de ce contrat, Madeleine, affolée, écrivit à Ménage qu'un de ses domestiques, originaire de Ferrare, avait volé chez elle une copie du roman. Il l'avait fait reproduire à vingt exemplaires, qu'il avait revendus. « Voilà ma *Montpensier* qui court le monde. Heureusement mon nom ne figure pas sur la copie. Si vous en entendez parler, quoi qu'en prétende le voleur, dites bien que ce n'est pas de moi. » La comtesse de La Fayette était prête à tous les mensonges tant elle craignait d'être prise pour une femme de lettres.

Malgré cette peur, elle ne pouvait cacher à Gilles son impatience, son désir de voir les premières feuilles, sitôt tirées. Elle le harcelait. Enfin, le dimanche 20 août 1662, le roman était achevé d'imprimer.

Madeleine demanda qu'on lui en portât sur-le-champ trente exemplaires, même s'ils n'étaient pas encore luxueusement reliés. Il lui suffisait d'en avoir six qui fussent en maroquin, dorés sur tranche. L'un d'eux serait pour Ménage, c'était bien le moins, et il en donnerait tout de suite un autre à Mlle de Scudéry. À vingt-huit ans, la romancière débutante n'avait pas oublié l'effet produit sur elle, dix ans plus tôt, par la célèbre romancière.

Pour conserver l'anonymat, Madeleine chargeait Gilles de distribuer les volumes dont elle voulait faire hommage. Dans le cercle restreint de ses relations, personne n'était dupe. Mais elle tenait à cette fiction et se fâcha vivement contre Huet qui avait donné à sa sœur, comme venant d'elle, une *Princesse de Montpensier*. « On va croire, fulminait-elle, que je suis un auteur de profession. »

Ménage jubilait de l'algarade faite à son rival. Il jubila moins quand Madeleine s'aperçut d'une faute à la page 58, et lui en imputa la responsabilité. Très peu de chose en vérité, deux mots qui n'avaient pas été coupés correctement : « Il la suivaicontinuellement chez la reine. » Il fut peiné par la remarque cruelle et injustifiée de la jeune femme, qui qualifiait la faute d'« épouvantable » et soutenait qu'elle ôtait tout sens à la phrase. « Cela, soulignait-elle, est sans remède. »

Faute ou pas, le succès de *La Princesse de Montpensier* fut immense. Le vol du manuscrit par le domestique italien qui avait savamment distillé dans le public ses vingt exemplaires, accrut la curiosité des lecteurs et augmenta même leur juste admiration pour la nouveauté de l'ouvrage.

Mais le succès précipita la rupture entre Madeleine et son poète. Son travail de romancière était reconnu par le public. Elle se crut guérie de ses humiliations passées, sûre d'elle et de ses talents. Elle comprit qu'elle n'avait plus besoin de Gilles pour réussir. Elle supportait le galant, elle ne vit plus que le pédant.

« Je me baigne dans la paresse, confia-t-elle à Marie qui rentrait de Bretagne. Demandez à Segrais la vie que je fais. La seule vue de la couverture d'un livre me donne mal à la tête. »

Incroyable, pensa l'amie. Elle n'aime plus lire ? elle qui vient d'écrire un roman si original...

Elles étaient allongées dans le jardin de Vaugirard, environnées des parfums de l'été naissant, chèvrefeuilles, roses et jasmins. Elles écoutaient l'air des Masques (« À quoi servons-nous, L'amour est tout nu ») tiré du *Ballet des saisons*, qu'interprétaient deux violons et le fameux chanteur Le Gros. Ménage parut.

« Avec mes belles dispositions à la paresse, chuchota Madeleine à sa compagne, je ne lui conviens plus guère. » Son visage se ferma quand le poète lui tendit craintivement son dernier poème, *Le Moissonneur*.

Alors Marie comprit. Ce n'était pas la lecture que la jeune femme ne supportait plus, c'était la lecture des œuvres de Ménage, c'était Ménage lui-même.

18

L'hôtel de Nevers

Elle espérait mieux ailleurs. Ailleurs ? À l'hôtel de Nevers.

« On devrait dire l'hôtel de Guénégaud, expliquait à Madeleine la maîtresse du logis, la jolie Élisabeth. Nous sommes ici, il est vrai, à l'emplacement du splendide palais Renaissance et de la tour de Nesle d'où la reine Jeanne faisait, dit-on, jeter ses amants dans la Seine. Mais c'est mon époux qui a réaménagé la demeure actuelle à son goût. Il a racheté le palais des Nevers à la veuve, Marie de Clèves. »

Madeleine écoutait distraitement son amie. Clèves, rêvait-elle, Clèves, le joli nom !

Ménage prévoyait juste. La jeune femme n'avait pas refusé l'invitation de Mme du Plessis-Guénégaud. Elle visitait la demeure de son amie et s'émerveillait de sa richesse. Secrétaire d'État depuis plus de vingt ans, Henri, le mari d'Élisabeth, avait les moyens d'un tel luxe. Le salon de sa femme avait survécu à la Fronde. Il y avait presque un quart de siècle qu'il rayonnait sur la vie intellectuelle de la capitale.

Toutefois, depuis l'arrestation du surintendant des finances, Fouquet, à qui Henri de Guénégaud était fort lié, et surtout depuis l'emprisonnement à la Bastille de son frère Claude, trésorier de l'Épargne, on tremblait. Grâce à eux, Henri avait participé à de fructueuses opérations financières. On attendait avec impatience que commençât le procès de Fouquet, et avec inquiétude l'issue de celui de Claude de Guénégaud.

Le salon d'Élisabeth, dont l'influence, incroyable sur l'opinion, tenait à sa beauté de blonde aux yeux bleus, à son intelligence, à la magnificence de sa table et à la qualité de ses relations, avait été souvent non conformiste. Cela ne gênait pas les habitués.

Quand Madeleine y pénétra, elle y rencontra d'anciens fidèles de la cour de Fouquet à Vaux, des débris frondeurs du parti de Condé, des jansénistes mêlés à des jésuites, bref des gens épris d'indépendance et de liberté d'esprit. Il en était de même dans le superbe château de Fresnes, sur les bords de la Marne, dont Madeleine retrouva avec exactitude la description somptueuse qu'elle en avait lue dans *Clélie*.

Tout de suite, parmi les habitués de l'hôtel de Nevers, elle distingua François, sixième duc de La Rochefoucauld. Était-ce le souvenir de son altercation avec Retz qu'elle avait entendu raconter jadis par Renaud, était-ce sa réputation d'esprit chez les mondains, le succès récent de ses *Maximes*, son pessimisme désabusé et sarcastique qu'on pouvait prendre pour de la sagesse, sa blessure à l'œil récoltée pendant la Fronde, au faubourg Saint-Antoine, qui le rendait à demi aveugle et donc pitoyable, son âge — cinquante ans comme Gilles — rassurant pour celle que la mort de son père faisait toujours souffrir ?

Pourquoi le distingua-t-elle ? Parce qu'il était duc ? Pourquoi s'intéressa-t-elle à ce seigneur d'illustre lignée, marié à quatorze ans à la fille du grand fauconnier de France dont il avait eu huit enfants ? Pourquoi succomba-t-elle au charme de cet homme qui ne comptait plus ses conquêtes féminines, jolies ou brillantes, exceptionnelles parfois comme la célèbre duchesse de Longueville, sœur de Condé, qui lui avait donné, au su de tous, en plein blocus de Paris, un fils, Charles-Paris, comte de Saint-Paul ? Pourquoi succomba-t-elle au charme de La Rochefoucauld ? Madeleine n'aurait su le dire. Le fait est qu'elle y succomba.

Pour la première fois depuis son amour manqué, elle voulait s'attacher à un homme. Mais cet homme était pris.

Tous les jours ou presque, son carrosse le conduisait chez Mme de Sablé, une marquise de soixante-trois ans, jadis familière du Louvre et de l'hôtel de Rambouillet, qui s'était installée dix ans plus tôt dans un pavillon accolé aux bâtiments de Port-Royal de Paris — une voisine de Renaud ! Très liée aux jansénistes, elle se passionnait pour les questions religieuses, craignait plus que tout malades et maladies, et composait à l'ombre de La Rochefoucauld des maximes fort goûtées de ses amis... presque autant que ses confitures.

La stratégie de Madeleine fut simple. Pour conquérir le duc, elle devait l'assiéger dans les deux maisons qu'il fréquentait. Les rencontres, pensait-elle, favorisaient l'intimité. Chez Élisabeth, la plus accueillante des femmes, ce fut facile. D'autant qu'avec la disgrâce de Fouquet et de sa clientèle, les familiers, exilés ou emprisonnés, se raréfiaient. On prenait grand soin de leur écrire et de les divertir en les tenant au courant des menus événements du salon. Madeleine n'y manquait pas.

À sa grande surprise, en mars 1664, Pomponne, un diplomate brillant, un des fleurons du milieu Guénégaud, compromis avec le surintendant et relégué à

Verdun, reçut une lettre triomphante de Mme de La Fayette, datée de l'hôtel de Nevers.

Enfin, elle en était devenue une habituée : « Je vous écris de *ma* chambre. Non, vous ne vous trompez pas. Je ne faisais que dîner et souper ici, quand vous étiez à Paris. Présentement j'y couche. Car la peur des voleurs, qui se déchaînent dans ma rue, m'a obligée de rester. » Elle précisait en commençant qu'elle était seule dans sa chambre. En finissant, elle ne l'était plus.

Elle avait passé la plume à La Rochefoucauld, qui était venu la rejoindre. Heureux hasard que cette visite nocturne ! « J'ai aperçu de la lumière. Je ne savais pas qui était là. Moi aussi, je dors ici cette nuit. Oh, vous écrivez au cher Pomponne. Je serais bien aise d'ajouter quelques mots. »

Il n'y avait pas de quoi pavoiser. Pourtant Madeleine pavoisa, comme si elle voulait forcer la main au duc en se targuant devant ses amis d'une intimité encore incertaine. Et elle ne se priva pas le lendemain de raconter avec esprit l'histoire de la lettre à quatre mains.

Ménage en fut écœuré et jaloux. En véritable amoureux, il avait vite deviné l'inclination de la jeune femme et ses manœuvres de conquête. Lui, le poète adulé des mondains et qui avait son franc-parler avec La Rochefoucauld, lui, la vedette de l'hôtel de Nevers, n'y mit plus les pieds. Il souffrait trop.

Madeleine le bombarda de billets aigres-doux, l'accabla de commissions et de courriers pour les affaires des La Fayette, se plaignit à Segrais qu'il fût devenu « chagrin, farouche, intraitable », se vanta de son pouvoir sur lui, et lui affirma avec maladresse que, si elle était malade, il rentrerait à son service : « La fièvre m'est bonne auprès de vous. »

Le malheureux Gilles tenta d'éveiller la jalousie de

Madeleine en célébrant en vers une Chloé de vingt printemps. Il savait d'avance qu'il n'y parviendrait pas.

Alors, il se consacra à son travail d'érudit, à ses réunions du mercredi, ses Mercuriales. Il comprit que la jeune femme n'était pas étrangère au couplet moqueur — de Segrais, disait-on —, qui courait sur lui, le pressant de ne plus importuner Mme de La Fayette (« Ménage, vous n'êtes pas fin, Vous y perdrez votre latin »). Il se réfugia en lui-même, soigna sa sciatique. « Silence plus parlant que les paroles », la formule était de Madeleine, dans *La Comtesse de Tende*. Il la reprit à son compte.

Sûre de reconquérir Ménage quand elle le voudrait, dévorée du souci de se faire recevoir chez Mme de Sablé, Madeleine ne prit pas garde à ce silence. Elle n'avait de cesse de circonvenir la marquise. Elle ne compta bientôt plus les présents de confitures sèches ou d'oranges confites qu'elle lui fit. Sachant son intérêt pour la médecine et surtout sa phobie des maladies, elle lui communiqua la recette, qu'elle avait découverte en Provence, d'une poignée de romarin émietté sur une pelle rougie pour assainir l'atmosphère d'une chambre.

Elle demanda à Fanchon quels médicaments préventifs elle pouvait procurer à la vieille dame, se décida pour de l'huile d'araignées toujours utile contre la fièvre mais renonça à l'huile de fourmis souveraine contre la surdité. La marquise aurait pu s'en offenser !

Pour couronner le tout, elle se décida à lui offrir une pierre d'émeraude à porter au cou. Les propriétés thérapeutiques des pierres précieuses n'étaient contestées par personne. Elle n'alla pas jusqu'à la faire sertir d'or.

Elle ne négligea pas les lettres de condoléances ou de félicitations, les billets qui donnaient des nouvelles de leurs amis lettrés et apaisaient la peur qu'avait Mme de Sablé de s'ennuyer ou d'être oubliée

Bref elle fit tant et si bien que la gourmande, frileuse et curieuse marquise lui entrouvrit une porte qu'elle n'ouvrait qu'à bien peu.

À sa première visite, Madeleine fut déçue. La Rochefoucauld n'était pas là.

« Il vient pourtant chaque jour, souligna malicieusement Mme de Sablé, mais il a une attaque de goutte.

— J'ai lu ses *Maximes,* repartit la jeune femme. J'avoue que j'en suis épouvantée. Comment peut-il imaginer tout cela ! Il est donc persuadé de la corruption générale de l'humanité ! »

Elle ne pouvait plus mal tomber. La marquise avait été à l'origine de la mode des maximes dans le monde, et ses conversations infinies avec La Rochefoucauld avaient influencé son ouvrage. Et puis pourquoi Madeleine faisait-elle semblant de s'effrayer de la méchanceté du cœur humain ? Elle l'avait rencontrée, elle y croyait. La conversation se traîna jusqu'à son départ.

Sans se décourager, elle continua le siège. Marie de Sévigné vint à son aide. Elle devait rendre visite à Mme de Sablé, elle n'avait pas de carrosse, Madeleine la mènerait dans le sien, et saluerait la marquise. Comme par hasard, Marie fut souffrante au jour dit, et Mme de La Fayette se présenta seule.

Cette fois, le duc était là. Les trois quarts d'heure qui suivirent furent mortels. La Rochefoucauld n'ouvrit pas la bouche. Madeleine s'efforça de répondre avec esprit à la marquise qui avait, semblait-il, décidé de la mettre dans l'embarras en la soumettant au feu de ses questions.

Pourquoi ne voyait-elle jamais son beau-père, ce saint homme ? Elle avait eu pourtant beaucoup d'affection pour lui, disait-on autrefois. Que devenait M. Ménage ? Et ce roman dont on parlait, cette *Princesse de Montpensier*, était-il vrai qu'elle y eût part ? Le comte de La Fayette était-il donc relégué en Auvergne qu'il n'habitait jamais Paris ?

Un véritable supplice. Le saint des saints ne s'était ouvert que pour son humiliation, pour qu'elle soit bafouée par cette femme moqueuse et diabolique, en présence de l'homme qu'elle aurait tant voulu séduire et qui, immobile dans son fauteuil, comme prostré, avait l'air absent. À son habitude, Madeleine prit sur ses nerfs et tint bon. Quand elle jugea possible de partir sans impolitesse, elle se leva, salua Mme de Sablé qui lui répondit à peine — elle était occupée à picorer des bonbons dans son drageoir —, et se dirigea vers la porte.

Elle titubait de déception en passant dans le vestibule. Tout à coup, elle sentit une main agripper son coude. Sans bruit, avec une vivacité dont on ne l'aurait pas cru capable l'instant d'avant, le duc la fit pivoter vers lui, serra un peu plus fort son bras et chuchota : « Je viendrai vous voir. » Il la lâcha. En montant dans son carrosse, elle crut avoir rêvé.

Il ne se pressa pas pour venir. Ce qui l'intéressait chez la jeune femme, c'était son esprit. Et l'esprit pouvait attendre. Pas comme le désir. De désir, il n'en avait guère. Elle n'avait plus les charmes de la première jeunesse. Il en avait connu beaucoup de plus belles. Les folies amoureuses ne l'amusaient plus.

Non, ce qui l'attirait en elle, c'était un certain air, de vivacité et de retenue mêlées, un esprit délié bridé par une sorte de timidité, une envie de briller manifeste et tout à la fois la paresse de réussir. Il avait apprécié le côté pessimiste de *La Princesse de Montpensier*, les erreurs de l'amour et du hasard qu'on y racontait avec finesse. Il serait agréable de s'entretenir avec une personne qui comprenait les impatiences, les inquiétudes et les chagrins de la nature humaine. Il se disait que cela l'enrichirait, renouvellerait ses points de vue, le changerait des conversations avec Mme de Sablé. Et puis, Madeleine avait trente ans de moins que la marquise...

« Quand viendra-t-il ? S'est-il moqué de moi ? Ai-je mal compris ? » Madeleine s'impatientait. Elle doutait de ses charmes. Pour se rassurer, elle s'en remettait à ses domestiques qui la massaient et la parfumaient, comme elle l'avait vu faire à sa mère.

Mais elle négligeait de prendre de l'exercice — tout juste quelques pas dans son jardin quand le temps le permettait. À Fresnes et ailleurs, elle ne participait aux promenades qu'en carrosse. Elle se disait toujours fatiguée, se proclamait fragile comme l'héroïne d'un conte qui s'était démis le pied en marchant sur une fleur de jasmin.

En réalité elle s'alourdissait. Elle ne réussissait pas à s'évader de ses échecs, de ses déceptions, de ses ambitions rentrées, souffrait souvent de migraines, se prétendait, comme dans son adolescence, rebutée par la nourriture, au point de n'absorber de la journée qu'une tasse de lait. Puis il lui prenait des fringales terribles, elle se gavait de ces grasses tourtes de mouton que sa cuisinière réussissait et que Marie, qui les appréciait, partageait avec elle.

Seulement, Marie digérait tout dans un éclat de rire et Madeleine récoltait, de ses goinfreries, nausées, mal au foie, humeur chagrine qui la cloîtraient dans sa chambre et la privaient de ses amis.

Elle avait passé la trentaine. Sa taille s'épaississait. Elle s'en désespérait et affectionnait maintenant les « robes battantes », sans ceinture, qui masquaient sa silhouette. Du moins en choisissait-elle les tissus avec soin, de précieux brocarts, de riches satins, bordés d'exquises dentelles. Cela coûtait cher. Ménage n'était plus là pour vanter sa beauté, ni pour s'occuper de ses biens. Les affaires des La Fayette étaient désormais en

ordre. Mais Madeleine aurait voulu améliorer encore
ses revenus.

Paraître dans le monde la ruinait. Elle n'éprouvait
ni intérêt ni joie à l'éducation de ses fils. Pourtant leur
établissement la préoccupait. Il faudrait de l'argent,
beaucoup d'argent si elle écoutait ses ambitions
maternelles. Ce souci, de vanité non d'amour, ajoutait
à ses tensions, à ses maux de tête, à ses indigestions.
Certains jours, elle souhaitait en secret la mort de
Renaud, l'amour de ses seize ans.

À la fête des Rois 1665, tandis que Paris découvrait
la comète apparue dans le ciel, et que cent trente mille
personnes, selon le gazetier Loret, montaient sur les
toits, aux lucarnes, aux terrasses des clochers et s'en-
rhumaient dans un air froid et sombre pour admirer la
lueur blanchâtre de l'astre à la longue queue, Madeleine enfin eut grande joie en pénétrant chez les Guénégaud. « Je viendrai rue de Vaugirard dans deux
jours », murmura La Rochefoucauld, qui l'attendait
dans le vestibule.

Il le fit, et si bien que Pomponne put lire au printemps dans une lettre collective envoyée de l'hôtel de
Nevers un nouveau message de Mme de La Fayette,
plus triomphant encore que le premier. « Je me
hasarde à vous écrire, à l'abri de ces beaux noms
amis. Il y en a un, vous vous en apercevrez, qui suivra
désormais souvent le mien. » Le duc signait juste après
elle.

19

Du côté de Zaïde

Le duo tourna souvent au trio. Le duc connaissait désormais le chemin de Vaugirard et venait s'y entretenir quotidiennement avec Madeleine de littérature ou de philosophie. Jean de Segrais l'y suivit, tout aussi quotidiennement. On le toléra. Le Normand, de dix ans plus jeune que La Rochefoucauld, était membre de l'Académie française, pétri d'esprit, riche de nombreuses publications, familier des milieux de l'édition et gardait, de ses vingt-quatre années de premier secrétaire chez Mlle de Montpensier, des relations, et une bonne connaissance des gens de cour et du cœur humain.

Le cœur humain, ce qui nourrissait au premier chef les échanges entre Madeleine et le duc. Celui-ci ouvrait à la jeune femme des perspectives encore inconnues et trouvait en elle un public de choix. Comme il l'avait prévu, elle était intelligente. Allons, il avait bien fait de changer d'interlocutrice et de s'éloigner de Mme de Sablé.

Leur accord était parfait pour établir des raisonne-

La dame de Vaugirard

ments contre l'amour. La Rochefoucauld allait jusqu'à douter de sa réalité : « Ma chère, il en est de lui comme de l'apparition des esprits. Tout le monde en parle mais peu de gens en ont vu. » Sans partager ce désenchantement, Madeleine vilipendait à son habitude le torrent aveugle de la passion.

Tous deux en conversant étalaient leurs rancœurs devant la vie, et les accroissaient. À l'abri, dans une maison douillette, dans un huis clos rassurant, ils s'avouaient leurs méfiances communes, méfiance envers le pouvoir dont les récompenses n'étaient pas proportionnées au mérite, envers les autres devant lesquels il est si périlleux de se montrer soi-même, envers l'amour qui trouble l'âme, détruit le jugement et n'apporte que douleurs et jalousies.

Ils insistaient sur l'impossibilité de cerner l'âme des femmes, toujours victime de changements et de variations : « Pour elles, les occasions décident des sentiments. »

Madeleine s'amusait à inventer pour son compagnon des situations et des personnages qui fussent le reflet de leurs opinions. Elle se rappelait son plaisir naguère à tracer les mésaventures de sa *Princesse de Montpensier,* l'aveu au fidèle Chabannes et l'espérance amoureuse qui s'abîmait en cauchemar. De jour en jour, elle racontait au duc les malheurs d'un jaloux, amoureux fou, qui ne pouvait supporter l'amitié tendre, pleine d'estime et de confiance que se portaient un homme et la femme qu'il aimait.

« Je l'appellerai Zaïde, cette femme, et Alphonse le jaloux. Il y aura autour d'eux beaucoup de gens qui se cachent, qui se masquent, qui ont peur d'eux-mêmes. Et des portraits énigmatiques dont on ne sait qui ils représentent. » Elle, qui n'avait pas l'habitude de se livrer, s'enflammait devant La Rochefoucauld de ses propres récits. Ou s'enchantait des formules qu'elle venait de trouver.

« "La gloire ne donne pas autant d'éclat que la faveur." N'est-ce pas réussi ? Vous auriez pu la glisser parmi vos *Maximes*... Et encore celle-ci : "On ne peut être heureux en aimant quelqu'un." Le croyez-vous ? »

Il la poussa à écrire le soir ce qu'elle lui racontait le jour. Elle en fut ravie. Elle savourait son plaisir d'écriture, luxueusement installée dans son cabinet de travail, se rappelait ses soirées d'autrefois devant la misérable table du château de Nades. Elle avait lu un *Abrégé de l'Histoire d'Espagne*. La Rochefoucauld lui conseilla, pour y faire vivre ses héros, de choisir le début du Xe siècle, où le royaume commence à s'affranchir de la domination des Maures. Il relisait ses textes, faisait une correction par-ci par-là, Segrais aussi, avec un crayon rouge.

Celui-ci s'intéressait beaucoup aux récits de Madeleine. Il l'écoutait, tâchait de se rendre utile, donnait son avis parfois sur un mot ou le déroulement d'une scène, étoffait une description de la mer que la jeune femme souhaitait évoquer et qu'elle n'avait que trop rapidement découverte lors d'une visite à Marseille. Il se proposa obligeamment pour recopier les textes de Madeleine. Elle lui en sut gré. Dans le chœur de ces deux voix à l'unisson, il ne dérangeait pas. Il n'était qu'un auditeur privilégié. Il ne troublait pas un duo d'amour.

En réalité, le duo se jouait en privé. Une chose était de ressasser les ravages de la passion et de s'en affliger. Une autre de se priver des plaisirs d'un accord délicieux.

L'après-midi, les visiteurs choisis de Vaugirard assistaient, avec Segrais, à la représentation triomphale de deux esprits hors du commun. En secret, le duc et la comtesse s'abandonnaient de temps en temps à la fête de leurs corps. Une fête empreinte de lenteur, de gravité presque, qui contrastait avec l'emportement que Madeleine avait connu à La Mousse mais qui lui redonnait les sensations exquises oubliées depuis la nuit de l'orage. Une fête qui effaçait à jamais de sa chambre de jeune fille les relents de son déplorable aveu au comte de La Fayette, la nuit de ses noces.

Le temps passait. Les amants se voulaient discrets. Pas question pour La Rochefoucauld de peiner son épouse fidèle et dévouée. Les amis se contentaient de ce qu'ils voyaient, une liaison intellectuelle et paisible. Marie s'en émerveillait, disant partout qu'elle trouvait une telle liaison préférable à la passion. Toujours le même refrain ! Il aurait fallu l'œil perspicace et amoureux de Ménage pour déceler le feu qui se cachait dans les prunelles de Madeleine. Mais, jaloux comme Alphonse, il ne voulait plus rencontrer sa Zaïde.

Le secret fut découvert par un bâtard de La Rochefoucauld, le fils de Mme de Longueville, le comte de Saint-Paul. L'adolescent séjournait pour la saison de la chasse à Fresnes, où s'était réuni un grand nombre des amis d'Élisabeth du Plessis-Guénégaud. Combien de temps encore son mari résisterait-il aux attaques de Colbert qui guignait son poste de ministre ? Il fallait profiter des derniers instants de gloire, recevoir le plus de gens possible.

Madeleine et La Rochefoucauld étaient logés au même étage. Leurs chambres, et d'autres, innombrables, donnaient sur une immense galerie, couverte de tapis épais, éclairée d'un côté par de hautes fenêtres ouvrant sur le parc. Aux premières lueurs du jour, la jeune femme revêtit une ample robe de chambre en soie brodée, écarlate et argent, délicatement doublée de satin blanc, et voulut se glisser sans bruit hors de la chambre du duc.

Elle jeta un coup d'œil à la galerie avant de sortir, mais ne vit pas le garçon, dissimulé par l'encoignure d'une fenêtre. Levé tôt, désireux de chasser des perdreaux, il s'était baissé pour rajuster sa botte. Il se redressa tandis qu'elle refermait doucement la porte. Leurs yeux se croisèrent. Elle étouffa un cri, s'immobilisa, mortifiée. Il s'enfuit prestement. Il avait compris.

La honte et le désarroi égarèrent Madeleine. Le lendemain, elle écrivit à Mme de Sablé, fort liée à Mme de Longueville et donc à son fils, pour qu'elle acceptât de parler à l'adolescent. « Persuadez-le, madame. Je hais comme la mort que les gens de son âge puissent croire que j'ai des galanteries. On leur paraît cent ans dès qu'on est plus vieille qu'eux. Je veux qu'il ne pense rien de M. de La Rochefoucauld, sinon qu'il est de mes amis. »

Incroyable demande ! La marquise sentit la démarche comme un camouflet. Elle était sûre désormais d'une vérité qu'elle pressentait, et ne vit dans la lettre de sa rivale qu'une manière détournée de lui étaler son succès. Elle ferma sa maison à Mme de La Fayette, non pour quelques jours, comme il lui arrivait de le faire, par crainte des maladies, mais définitivement.

La jeune femme eut la tentation de lui rendre visite, de la supplier de la recevoir. Puis elle réfléchit. À quoi bon quémander, s'abaisser ? Elle avait voulu fréquenter la marquise pour rencontrer le duc. La marquise lui devenait inutile. Le chemin vers le duc, elle l'avait trouvé.

Un chemin de traverse, en vérité. Pas l'avenue royale de la femme légitime, comblée d'honneurs et reconnue. Madeleine tâchait de s'en satisfaire. La Rochefoucauld n'aurait jamais imaginé de bouleverser sa vie pour elle. Sa situation n'était pas exceptionnelle. Autour d'elle et à la cour, combien de femmes réduites au rôle de maîtresses !

Elle, du moins, était appréciée pour son esprit. Cela durerait... Elle n'était pas à la merci de ses traits fanés, de sa taille alourdie. Elle l'avait dit à Ménage quand il s'était désolé de la retrouver changée : « Les beautés ne sont pas immortelles comme les louanges qu'on leur donne. »

Le duc l'aimait. Sans passion, certes. Mais n'était-ce pas ce qu'elle souhaitait ? Il ne la persécutait pas pour qu'elle se donnât à lui. Il la rassurait parce qu'il l'aimait au-delà des apparences, et qu'il aimait surtout ce qu'elle écrivait. S'ils avaient suivi la carte du Tendre, de Mlle de Scudéry, ils se fussent établis à Tendre-sur-Estime. Mais pas au grand jour. Ils s'y seraient cachés.

Un jour de novembre 1669, Marie de Sévigné accourut, affolée, rue de Vaugirard. Un de ses cousins, Emmanuel de Coulanges, avait vu chez Claude Barbin, le libraire, un roman qui venait de paraître, intitulé *Zaïde, histoire espagnole*, de Jean de Segrais. Ne s'agissait-il pas de cette héroïne dont parlait tant Madeleine ? Qu'était-il arrivé ? Comment allait réagir son amie ?

Elle réagit très mal, se sentit flouée par l'académicien. Sous prétexte de réaliser pour elle une copie de ses textes, il les avait eus à loisir en sa possession. De là à en faire une nouvelle copie pour l'imprimeur et à proposer le roman comme de lui...

Barbin n'était encore qu'un débutant. Depuis dix ans qu'il avait été admis, selon l'usage, dans le corps des libraires officiels, il avait déménagé cinq fois, toujours dans le quartier du Palais, où officiaient les grands de l'édition. Installé désormais sur le perron de la Sainte-Chapelle, il se piquait non seulement de vendre des livres mais de recevoir chez lui les meilleurs écrivains et de dénicher les talents nouveaux.

Il s'enthousiasma pour le manuscrit que lui proposait Segrais. Il ne se trompait pas. Fait rare à l'époque, il y eut tout de suite une seconde édition. Du coup, l'ancien secrétaire de Mlle de Montpensier sortait du cercle des érudits et des académiciens pour atteindre le grand public. Grâce à *Zaïde* !

« Demandez à Barbin comme il la débite, lança Emmanuel de Coulanges à Madeleine lors d'une réunion d'intimes rue de Vaugirard. C'est un libraire des plus sages, continua-t-il, railleur. Il estime si fort l'ouvrage de Segrais qu'il en a rempli son magasin. »

Le duc écoutait, impassible. Aucun regret pour le mauvais tour joué à Madeleine. Il se contenta de se lamenter avec Coulanges sur la diffusion des livres. À l'étranger, on imprimait les ouvrages interdits. En province, on ne comptait plus les contrefaçons. À Paris, jusqu'ici du moins, on pouvait se fier aux privilèges officiels des éditeurs.

« Mais il ne s'agit pas de privilège, coupa Madeleine. Ce n'est pas d'une contrefaçon dont je suis victime. C'est d'un vol. »

Elle était hors d'elle. Il fallut la persuasion amicale de Marie pour la calmer un peu.

« De toutes façons, ma belle, vous n'auriez pas fait paraître ce roman sous votre nom. Se trouver imprimée, se voir donnée au public et répandue dans les provinces, se rencontrer dans les bibliothèques, être dans les mains de tout le monde, vous ne l'eussiez pas supporté. »

Et comme Madeleine hochait la tête en signe de dénégation : « Eh bien, vous n'auriez pas dû le supporter. Vous ne le devez pas. Votre rang, votre sexe vous interdisent de le souhaiter.

— Et Mlle de Scudéry, riposta la jeune femme, hargneuse, elle le supporte bien.

— Officiellement, elle n'est pas l'auteur de ses romans, vous le savez. Et puis, elle n'est pas comtesse de La Fayette, son nom ne vaut pas le vôtre. Son talent non plus », ajouta Marie en embrassant tendrement son amie.

C'était bien ce qui poignait Madeleine. Se sentir dépossédée d'un ouvrage réussi, ne pouvoir en faire état devant les autres, ni s'en servir pour se rassurer sur soi. Elle revivait l'humiliation de jadis. Décidément elle n'en guérirait jamais.

La Rochefoucauld refusa de s'encombrer d'un chagrin de femme. Il parla à Madeleine de l'amour-propre, un thème qui lui était cher, consentit à lui dire quelques paroles apaisantes. Par commodité, il les tira de ses *Maximes*, profitant de l'occasion pour les trouver, une fois de plus, admirablement frappées.

« Le hasard nous corrige plus souvent que la raison », lui récitait-il avec lenteur. Et il se disait : Comme c'est bien tourné ! Je m'en souviens, cette maxime m'a donné du mal. J'en ai écrit au moins deux versions. Cela valait la peine... En même temps, il regardait avec dégoût l'affligée. Elle ne pouvait retenir ses larmes. Ses paupières gonflaient. Ses yeux et son nez rougissaient.

Elle se rendit compte de la dureté de cœur de son ami. Du coup, elle retrouva sa vivacité d'esprit et riposta au duc par une autre de ses *Maximes* : « On a toujours assez de force pour supporter le malheur d'autrui. »

20

La Savoie

Sans vergogne, Segrais revint rue de Vaugirard. Il parla de son admiration pour le talent de Mme de La Fayette, de la surprise même qu'il avait voulu lui faire en confiant le manuscrit à l'éditeur. Mais il avait été si enthousiaste que Barbin s'y était laissé prendre et avait cru le livre de lui. Une malchance !

Il était beau parleur. Il flattait la vanité de Madeleine. Elle l'écouta et se résigna à le recevoir.

Depuis l'incident fâcheux, ses migraines avaient redoublé. Elle dormait mal. Il fallait réagir. Elle ne voulait pas faire de la maison de son père un sinistre tombeau où deux personnes compassées, à demi mourantes, se répéteraient à l'envi leur méfiance du monde des vivants. Segré apportait avec lui de l'air du dehors, des échos de la cour, des potins sur les gens de lettres. Comme Marie, toujours la bienvenue, il était gai. Il rajeunissait l'atmosphère du salon.

Bien sûr, le jour où il eut l'imprudence de parler de « Ma Zaïde », il vit le visage de la comtesse se fermer, et se mordit la langue. Mais elle ne se fâcha pas.

Elle se réjouissait du succès du livre, se disait que ceux qui voulaient être au courant l'étaient. Ne venait-elle pas de recevoir une lettre de Bussy-Rabutin, académicien français, cousin bourguignon de Marie, qui ne lui ménageait pas les félicitations : « Si tous les romans étaient comme celui-là, madame, je ne lirais que des romans. Foi de Bussy, rien n'est mieux écrit. »

En revanche quand elle lisait ou entendait quelque reproche sur l'invraisemblance de certains épisodes de *Zaïde*, elle feignait qu'ils ne fussent pas d'elle et les mettait sur le compte de Segrais.

Juste avant la parution de *Zaïde*, la reine mère d'Angleterre mourut à Colombes. Ses médecins avaient forcé sur la dose d'opium, administrée contre ses insomnies. Elle s'était endormie mais ne s'était pas réveillée... Madeleine la voyait parfois à Chaillot, lors de ses visites à sa belle-sœur, la mère supérieure. La souveraine l'appréciait.

Quand sa nièce, Jeanne-Baptiste de Nemours, se maria au duc de Savoie et partit s'installer dans un État indépendant de la France, elle chercha une personne de confiance qui lui écrivît les nouvelles de son pays natal. Le nom de la comtesse vint tout de suite à l'esprit de la tante. La belle-sœur d'une sainte religieuse, l'épouse d'un La Fayette, intelligente de surcroît et parfaite épistolière, la reine d'Angleterre ne risquait pas de se tromper en la recommandant. À sa mort, la correspondance venait de commencer entre les deux femmes.

Une diversion bienvenue pour Madeleine, meurtrie par la trahison de Segrais, curieuse des intrigues de cour, ravie de cette occupation régulière. Une aubaine financière aussi, car elle s'aperçut vite que la jeune duchesse souhaitait qu'elle fût, outre sa correspondante, sa commissionnaire. Jeanne-Baptiste ne pouvait trouver mieux. En tissus luxueux, tapis précieux, tableaux, colifichets, Mme de La Fayette était orfèvre, et son bon goût reconnu.

Elle se réjouit du profit qu'elle tirerait de ces commissions. À trente-cinq ans passés, elle avait un besoin croissant de parfums, de fards, de robes artistement coupées, de gants et rubans de chez Perdrigeon, le mercier à la mode, de toutes sortes de médicaments pour soigner son foie, ses langueurs et ses insomnies. Les pierres précieuses, topaze ou agathe, que l'on broyait et dont on avalait la poudre, les bouillons de vipères, coûtaient cher.

Contre son embonpoint croissant, les vinaigres de Fanchon ne suffisaient plus. Alors que les pauvres mouraient de faim, Mme de Montespan, Mme de Soubise, la fille de Marie, Marie elle-même, toutes les femmes riches de leur monde, réduites à l'inactivité, soumises à des régimes d'une lourdeur aberrante, gavées de gibier, de sauces et de sucreries éprouvaient, quelquefois jusqu'à l'obsession, la crainte de devenir des « pâtons de graisse ».

C'était le cas de Madeleine. Là encore, elle dépensait des fortunes pour qu'on lui servît des mets, recherchés et délicats, qui apaisassent ses soudaines fringales sans compromettre définitivement sa santé et sa silhouette.

Régulièrement Madeleine envoya à la duchesse de Savoie, dont la cour se piquait de rivaliser avec la cour de France, les articles de Paris qu'elle lui sélectionnait. Des marchands se présentaient rue de Vaugirard. Elle décidait des achats, notait avec soin ce qui partait de la capitale, en informait la femme de l'ambassadeur de Savoie, adressait les paquets à Lyon chez un agent savoyard, Pastourel, qui les expédiait vers Turin, après avoir acquitté les droits de douane.

Tantôt, c'étaient douze éventails, autant de douzaines de gants, quatre miroirs de poche. Tantôt, quatre jupes en broderies d'argent et un manchon de plumes de vautour. Ou des manteaux, des robes de chambre de brocart, garnis de dentelles et de rubans, une montre en or. De beaux objets, porcelaines blanches finement décorées, coffrets incrustés de diamants.

Mme de La Fayette ne résistait pas aux sommes que lui versaient les marchands pour conquérir ses bonnes grâces. Jeanne-Baptiste fermait les yeux. Mieux, elle comblait sa correspondante de présents, de caisses de confitures, de dizaines de mètres de velours, et... de gratifications en argent.

Madeleine prenait plaisir à s'enrichir. Elle appréciait aussi de toucher, d'admirer, de choisir des choses de prix, car son goût de la beauté était réel. Elle s'enhardit à demander pour elle quelques copies de tableaux qui ornaient la pinacothèque de Turin. La duchesse, satisfaite de l'agrément de ses lettres, acquiesça.

On commença par la reproduction d'un tableau de l'Albane, *La Toilette de Vénus*, un univers de nymphes, d'eau et de Cupidons qui aurait pu inspirer Poussin. C'était un peintre français, Dufour, payé par Jeanne-Baptiste, qui réalisait les copies à Turin. Bientôt ce furent de grandes caisses, pleines de toiles, qui passèrent les Alpes dans le sens Savoie-Paris.

Rue de Vaugirard, les murs disparaissaient sous les peintures. Dans la grande salle, le bouquet choisi jadis par Isabelle s'étiolait, cerné par une foule de scènes de chasse et de portraits de prélats onctueux. C'était trop, une sorte de boulimie. Sous prétexte de rabais, Madeleine accumulait, dans le salon vert et dans le rouge, guéridons, fauteuils, secrétaires ornés de nacre ou de laques de Chine. On ne pouvait se déplacer sans risquer de renverser une œuvre d'art.

Seul, son cabinet de travail fut épargné par cette

marée. Madeleine y fit seulement poser quatre bras admirables, sculptés en bois brun, qui semblaient sortir du mur en tendant un flambeau. Tout en arpentant la maison qui lui était chère, elle s'émerveillait de ses richesses. Il lui semblait valoir plus.

Sans que Madeleine l'ait cherché, la demeure avec sa décoration somptueuse était prête à prendre la relève du salon de la brillante Élisabeth. Non que la jeune femme voulût rivaliser avec les fêtes de l'hôtel de Nevers. Sa santé chancelante n'y aurait pas résisté, l'humeur sombre du duc ne l'aurait pas supporté.

Mais depuis la disgrâce de Guénégaud remplacé par Colbert, Vaugirard offrait un lieu agréable où regrouper quelques anciens familiers du ministre, à commencer par sa femme. Les invités, peu nombreux, étaient triés sur le volet. La Rochefoucauld le voulait ainsi. Le fils du prince de Condé, le duc d'Enghien, venait en voisin. On appréciait les lettres vives et spirituelles qu'il écrivait à sa tante, la reine de Pologne. Le critère suprême pour être admis dans la petite société de Vaugirard, c'était l'intelligence. À la grande satisfaction de Madeleine, parmi tous ces beaux esprits, Segrais se diluait, tandis que Marie rayonnait...

Les années filaient. La maîtresse de maison se réjouissait de ces brillantes réunions. Elles l'aidaient à prendre confiance en elle. Elle n'arrivait pas à s'en contenter. De toute sa richesse, non plus. L'argent maintenant affluait, et pas seulement de Savoie.

À plus de soixante ans, Renaud de Sévigné mourait, un 16 mars. Madeleine entrait en possession des biens de sa mère. Elle avait judicieusement choisi, supporté que son beau-père en eût l'usufruit et attendu. Dans son testament, Sévigné n'avait pas contesté l'accord conclu autrefois avec la jeune et avisée Madeleine.

À part quelques legs minimes à des œuvres

pieuses, tout son avoir revenait à sa belle-fille. Celle-ci doublait sa fortune. Désormais, elle était vraiment une riche héritière ! Et ce qu'elle appréciait le plus, c'était de ne plus devoir payer à Sévigné le loyer de Vaugirard, le loyer de *sa* maison.

« Faites-moi plaisir, ma belle, demanda Madeleine à Marie quelques jours après. Vous voilà revenue de Provence, triste d'y avoir laissé votre fille. Allons ensemble au Clos-Lucas. » Elle n'y était pas retournée depuis la fameuse scène qu'elle avait surprise entre sa mère et Renaud. Plus de vingt ans déjà. Elle en avait quarante.

Tout était changé, les arbres grandis, des prairies en jachères, des bois coupés, on n'était pas en automne mais au printemps. La gloriette, elle, était toujours là. La vigne vierge ne la colorait plus de ses feuilles rousses, une glycine la couvrait de ses grappes bleues et son parfum remplaçait celui des roses d'autrefois.

Ce n'était pas un pèlerinage d'amour défunt, ni le désir d'effacer un passé douloureux qui poussaient Madeleine à revenir. La blessure d'amour-propre qu'elle avait ressentie au Clos-Lucas ne la quitterait jamais, ni sa défiance d'elle-même, elle le savait.

Elle voulait revoir le charmant édifice afin de mieux le décrire. Elle s'en servirait dans son prochain roman. Une nouvelle héroïne habitait son esprit. Elle y pensait en secret. Malgré ses réceptions, ses affaires savoyardes, elle écrivait à nouveau. La seule façon pour elle d'apaiser son insatisfaction permanente de soi et des autres.

Pas question cette fois d'en parler à Segrais ni au duc, d'être forcée à écrire des scènes d'aventures ou de combats démodées, obligée de se soumettre à des corrections stupides — au crayon rouge, encore ! —, de risquer l'incohérence et l'invraisemblable en se fiant aux conseils d'hommes envieux, de s'exposer enfin à être volée.

Marie, qui avait tenté de la consoler de sa blessure récente d'écrivain dépossédée, Marie qui l'aidait de sa présence à refouler les souvenirs cruels, à supporter la vieille blessure du Clos-Lucas, Marie seule était digne de ses confidences.

« La voyez-vous, ma belle, cette femme, avec sa jeunesse, ses cheveux blonds, sa taille exquise, là, dans la gloriette éclairée de flambeaux. C'est le soir. C'est l'été. L'homme qui l'aime et qu'elle aime la cherche, Nemours, le nom de Jeanne-Baptiste de Savoie avant son mariage, Nemours, le doux nom — comme du velours. En faisant le tour du jardin, il la voit dans la lumière, s'avance, se cache pour l'observer.

« Elle est seule, sans rien sur la gorge tant il fait chaud. Elle choisit des rubans dans une corbeille, les noue dans sa chevelure, des rubans jaunes et blancs, les couleurs qu'il portait au tournoi. Puis elle prend en main le portrait de Nemours, l'approche d'un flambeau et regarde rêveusement son amant. »

Marie se taisait, haletante de curiosité. Madeleine continuait.

« La voyez-vous encore ? Il fait nuit noire. Cette fois, elle est avec son mari, le prince de Clèves. Nemours erre près du petit pavillon. Il les y a vus entrer. Il se cache, encore. Et il entend de la bouche de sa bien-aimée l'aveu le plus surprenant, le plus extraordinaire qui fût jamais. Elle avoue à son mari qu'elle en aime un autre. »

Madeleine racontait si bien que son amie, envoûtée, vivait la scène avec elle. Quand elle eut fini, Marie proposa : « Cette palissade, ici, cette haie d'arbustes taillés, ne peut-elle servir à dissimuler Nemours quand il s'enfuit ? »

Elles revinrent, complices et tendres. Dans le carrosse, Madeleine raconta son projet de faire construire dans le jardin de Vaugirard un pavillon couvert qui ressemblât à celui du Clos-Lucas. On s'y réunirait à la belle saison. Ce serait délicieux.

« Paris me tue, expliquait-elle, et La Rochefoucauld déteste la campagne. J'aurai ainsi un havre de fraîcheur, auprès de mon jardin de fleurs. J'aménagerai une autre fontaine. Il va falloir que je signe un accord avec les carmes du faubourg Saint-Germain qui gèrent les conduites de l'eau amenée d'Arcueil dans le quartier. Ruineuse, cette folie, sûrement ! D'autant qu'il faudra penser à leurs bonnes œuvres ! Peu importe. Je viens de recevoir de Savoie une nouvelle gratification.

« Et puis, ma chère, continua-t-elle avec douceur, vous avez parlé l'autre jour de l'argent dont vous avez besoin pour votre fils. Vous vous êtes endettée, me semble-t-il. Je vous en prie, ne courez plus les usuriers. Laissez-moi vous prêter ce qu'il vous faut. »

Touchée, Marie répondit : « Il me semble que l'argent est si rare qu'on ne devrait point en prendre à ses amis. » Elle le prit pourtant...

En embrassant Madeleine pour la remercier, elle lui glissa : « Je viens de lire *La Cigale et la Fourmi* du cher La Fontaine. Il y a donc des fourmis prêteuses... ? »

21

Au centre de la toile

« Mme La comtesse est blessée, criait Fanchon, vite, vite, courez chercher M. Ambroise. » Elle venait de trouver sa maîtresse inanimée, une blessure à la tête, auprès de la cheminée du salon vert. Mme de La Fayette avait entraîné dans sa chute le fauteuil où elle était occupée à lire. Son livre gisait à côté.

Fanchon regarda mieux. Un gros fragment de pierre était par terre. À coup sûr, il s'était détaché du rebord de la cheminée, et avait frappé malencontreusement la comtesse assise près du feu. Le rebord était à plus de deux mètres du sol, à la mode du temps. Personne n'a vu qu'il était fissuré, se dit Fanchon. Tombé de si haut, le morceau de corniche aurait pu tuer Madame.

« Les blessures à la tête saignent beaucoup, entendit Madeleine. Celle-ci n'est pas dangereuse. »

Elle reprenait ses sens. Elle était dans son lit, Ambroise à son chevet, avec deux acolytes. Fanchon expliquait, la grosse pierre, la fissure dans le rebord de la cheminée, sa peur en la voyant sans connaissance.

Pour faire bonne mesure, la fidèle servante avait envoyé quérir un prêtre de Saint-Sulpice. Il n'allait pas tarder.

Ambroise se faisait rassurant. « Du repos. Le matin, deux verres d'urine de vache toute fraîche, vous savez ce qu'on appelle l'eau de mille-fleurs. Elle est bonne contre les vapeurs. Sur la plaie, un mélange de vin, d'huile et de miel. Que Mme la comtesse de longtemps ne se fasse plus laver les cheveux. Attention pourtant à la vermine. Il ne faudrait pas qu'elle s'installât. Chaque soir, peignez votre maîtresse, recommanda-t-il à Fanchon. S'il le faut, servez-vous du grattoir. »

Madeleine gémit. Sa tête lui faisait mal. Ambroise parti, Fanchon lui administra un grain d'opium. Elle s'endormit et ne vit pas l'abbé Dugué qui était venu sans tarder. L'abbé ne se découragea pas. Il revint. La jeune femme était mieux. D'emblée, il parla d'examen de conscience, de la Providence qui lui envoyait ce temps de repos pour réfléchir à son salut éternel. Il était grand, sec et brusque.

« Vous vivez dans l'illusion, madame. Découvrez l'inutilité de votre vie, il en est temps. Vous vous enfoncez dans une incroyance volontaire. Vous ne voulez pas aimer Dieu. »

Elle refusait de suivre ce prêtre intransigeant. Quand Marie lui parlait de Providence — c'était sa marotte —, du moins tout s'éclairait. Avec cet homme noir, elle avait peur.

En l'écoutant, il lui semblait que les personnages de la Passion du Christ, le tableau de Memling qu'on avait copié pour elle à Turin et qui ornait un mur de sa chambre, se mettaient à bouger. Ils étaient là, dans leur cadre, en face de son lit, grouillant, menaçants, poussant leurs chevaux, agitant leurs piques, torturant Jésus, la torturant elle-même. Elle délirait.

Au centre de la toile

Une semaine après, elle fit porter une grosse somme d'argent à Saint-Sulpice pour les besoins de la paroisse, et ferma sa porte à Dugué. Non, elle ne désirait pas se remettre en cause, elle ne désirait pas changer. Elle s'accommodait parfaitement des marques de la religion qu'elle pratiquait, conventionnelles et extérieures. Certes, elle savait que pour les jansénistes, qu'elle avait rencontrés à l'hôtel de Nevers et dont beaucoup étaient ses amis, rien ni surtout personne ne devait détourner la créature du Créateur. Elle trouvait cela admirable chez les autres. Pas pour elle.

Tiens, songea-t-elle tout à coup, pourquoi ne ferais-je pas mourir la mère de mon héroïne d'une mort janséniste ? Elle adore sa fille, un peu comme Marie adore la sienne. Mais elle est convertie à une foi profonde, absolue. Quand elle voit la mort, elle refuse la présence de sa bien-aimée pour se préparer à rencontrer Dieu, pour être uniquement à lui. Cela fera une belle scène.

Adossée à ses moelleux coussins de batiste blanche et de dentelles, elle souffrait moins et avait le loisir de penser à son nouveau roman. Elle ne suivait pas les avis de Dugué, elle mettait en ordre ses phrases, pas sa conscience. Clèves, Nemours et la jolie princesse l'entouraient, occupaient son esprit.

Elle recommença à descendre dans la grande salle. Depuis qu'elle allait mieux, les amis assiégeaient la rue de Vaugirard pour la féliciter de sa chance. Certains riaient sous cape.

« C'est plutôt pour son mari qu'il convient de parler de corniche, de corne et de blessure au front, non ? »

Mme du Plessis-Guénégaud, d'autres aussi, se montraient désireux de la distraire. Le duc d'Enghien lui prêta ses violons qui lui jouaient les airs de Luigi

Rossi qu'elle adorait. Chaque jour pourtant, elle se demandait : « Viendra-t-il ? »

Marie devinait son impatience. Restée comme de coutume après les autres visiteurs, elle fut bien obligée de lui dire, au bout de trois semaines, que La Rochefoucauld passait ses après-midi chez Mme de Sablé.

Dès qu'elle avait appris la blessure de Mme de La Fayette, elle avait invité le duc à lui rendre visite. Dans son désœuvrement, il était accouru. Maintenant, la vieille marquise se vantait partout de la lettre qu'il lui avait écrite : « Vous me regagnez toujours, quand il vous plaît, madame. Je ne suis que trop sensible au bien et au mal que je reçois de vous. »

Madeleine pâlit en écoutant son amie. Le dépit, la déception l'envahissaient. Elle réfléchit. Il lui fallait ramener La Rochefoucauld vers elle. Marie l'y aiderait. « Quand vous le verrez, demanda-t-elle à son amie, dites-lui à mots couverts que j'ai en tête un nouveau roman. N'insistez pas. Juste deux mots sur ma Princesse, pour l'allécher. Il ne tient guère à moi, apparemment, mais il s'intéresse à ce que j'écris. »

Le piège fonctionna. Piqué par la curiosité, La Rochefoucauld revint à Vaugirard. En le voyant, Madeleine sentit une bouffée de joie l'envahir. Comme il lui était devenu cher !

Mais elle ne se pressa point pour lui raconter son projet. Il fallait, disait-elle, qu'ils fussent en tête à tête. Trop de monde passait chez elle en ce moment. Un après-midi où ils furent seuls, elle commença par le questionner longuement sur la forme et le sens d'une de ses *Maximes* — il adorait expliquer la portée de ses idées, le choix de ses mots. Cette fois, il abrégea. Était-ce vrai ce projet auquel Mme de Sévigné avait fait allusion ?

Alors elle lui parla enfin de son héroïne, de la cour brillante et un peu folle où elle vivait, de son mariage avec le prince de Clèves, de sa passion pour un duc de Nemours et de l'aveu insensé qu'elle en faisait à son mari. Comme une conteuse habile, Madeleine faisait traîner le récit et distillait à son compagnon le tourment et la mort de Clèves, le désespoir de Nemours, les remords de la princesse et son refus du monde.

Chaque jour La Rochefoucauld accourait écouter un nouvel épisode du roman. Il était séduit par l'invention de Madeleine, sa manière touchante et sensible de narrer les événements. Quelle sottise il ferait en s'éloignant à jamais de cette femme dont l'esprit, plus que tout autre, le charmait. Et puis, elle comprenait si bien ses *Maximes*, elle en tirait avec tant de délicatesse tout le suc !

Le duc de Savoie mourut. Sa femme n'en eut guère de chagrin. Les époux s'étaient abondamment et mutuellement trompés. En attendant la majorité de son fils, Jeanne-Baptiste devint régente. Nouvelle aubaine pour Madeleine.

On savait en France le prix que « Madame Royale » attachait aux services de sa correspondante parisienne, les lettres enthousiastes qu'elle écrivait au duc d'Enghien pour lui vanter sa finesse intellectuelle, et — ce que Jeanne-Baptiste ne disait pas —, la capacité de la comtesse à transmettre les messages qu'elle souhaitait faire passer en France officieusement. La régente venait de la remercier d'un portrait d'elle entouré de gros diamants.

Du coup on ménageait Mme de La Fayette, on recherchait sa compagnie. Le prince de Condé, qui n'avait pas coutume de se jeter à la tête des gens, sollicitait l'honneur de la recevoir. Le roi l'invitait à Versailles pour découvrir les illuminations du parc, l'été. Marie l'enviait.

« Vous ne savez pas, murmurait Emmanuel de

Coulanges aux oreilles du tout-Paris, elle en est. Oui, parmi les privilégiés de ce qu'on appelle "la chambre sublime". Mme de Thianges a offert à son neveu, le duc du Maine, un garçon de sept ou huit ans, bâtard du roi, la miniature d'une chambre où sont rassemblés les beaux esprits du temps. Tous les personnages sont en cire.

« Auprès de Maine, assis dans un fauteuil, il y a Bossuet son précepteur, Racine et La Fontaine, La Rochefoucauld à qui le garçon tend une plume, Boileau, près de la porte, armé d'une fourche pour repousser les mauvais écrivains. Trois femmes seulement dans cette chambre, la donatrice, naturellement, Mme Scarron, gouvernante de l'enfant, et... écoutez bien, Mme de La Fayette, un livre à la main. »

Mme de Montespan, la mère du petit Maine, offrit à la comtesse une écritoire en bois précieux, et un crucifix dont elle ne sut que faire. Les invitations pleuvaient. La santé de Madeleine et son humeur, à la fois ambitieuse et dépressive, ne lui permettaient pas de les accepter toutes. Elle choisissait.

Elle assista à une représentation de l'*Alceste* de Lully, en fut émue jusqu'aux larmes. Elle alla chez les Condé père et fils à Chantilly. Chez le maréchal de Turenne avec Marie. Chez Mme de Coulanges, toujours avec Marie, souper avec Mme Scarron.

La veuve du poète avait la tâche prestigieuse d'élever les bâtards du roi. Elle vivait avec eux, cachée, dans une maison isolée, au fin fond du faubourg Saint-Germain. Madeleine eut le privilège de l'y raccompagner après souper. Elle n'avait plus peur des voleurs comme au temps de l'hôtel de Nevers. Maintenant les rues de Paris étaient éclairées par des lanternes équipées de chandelles qui, la nuit, brûlaient neuf mois de l'année, à l'exception des huit jours de lune. Les deux

186

femmes étaient heureuses de se retrouver. Pendant le trajet en carrosse, elles ne cessèrent de bavarder.

De sa faveur nouvelle, Madeleine eut la ferme intention de se servir. Ses fils, dix-neuf et seize ans, atteignaient l'âge où ils en avaient besoin. Elle mobilisa pour eux ses relations.

L'aîné se montrait doué pour l'étude. Sans se soucier des habitudes du temps qui destinaient les cadets à l'état ecclésiastique, elle se fia avec sagesse aux dispositions du jeune homme et l'engagea dans une carrière d'homme d'Église. Pas question de convictions religieuses, évidemment.

Louis de La Fayette reçut une pension sur les revenus d'un couvent, une abbaye en Poitou, bientôt une autre de son grand-oncle, l'évêque de Limoges, qui, avant de mourir, y avait renoncé en sa faveur, enfin la riche abbaye de Montval au diocèse de Rouen. Pour celle-ci, il fallait l'accord de Rome. Oubliant le passé, la comtesse renoua avec son vieil ennemi, Retz, qui parla du jeune homme au cardinal romain compétent.

Le très puissant ministre de la Guerre, Louvois, n'avait rien à refuser à la favorite de la régente de Savoie. Elle envisageait pour son second fils une carrière militaire. Il lui fit avoir tout jeune un commandement. Comme son frère Louis, qui ne prenait même pas la peine de se faire recevoir diacre, Armand ne fit rien pour mériter les recommandations de sa mère. Dans sa garnison, à Strasbourg, il s'enivrait régulièrement avec d'autres officiers, en venait souvent à des rixes, qui nécessitèrent une fois même l'intervention directe de Louvois.

Sans se décourager, Madeleine, comme une araignée au centre de sa toile, tissait ses fils, écrivant, calculant, sollicitant, remerciant. Marie remarquait avec un brin d'envie : « Rien ne vous échappe. Vous êtes si active... On dirait que vous avez cent bras. » Elle se servait de toutes les occasions pour favoriser la carrière de ses enfants, augmentait sans relâche leur patrimoine. Sur ce point, elle tenait, au-delà de toute espérance, la promesse faite à son époux.

Elle en oubliait ses migraines, ses langueurs et sa fièvre. Ses maux de nerveuse et sa mélancolie, elle les retrouvait dans le huis clos de Vaugirard avec un La Rochefoucauld, de plus en plus morose.

Le prince de Marsillac, son fils aîné, réussissait à la cour. Malgré sa mâchoire d'âne, stigmatisée par Bussy, et son manque d'esprit, il était un des favoris du roi. Malgré ou à cause de ? Chacun savait que Louis XIV ne voulait pas s'encombrer de courtisans trop brillants et qu'il leur préférait des gens d'une intelligence moyenne doublée d'une fidélité totale.

Mais le sort s'était acharné sur les autres enfants de La Rochefoucauld. Dans la guerre contre la Hollande, au passage meurtrier du Rhin, il avait eu un fils gravement blessé, deux autres tués, dont son préféré, l'enfant de Mme de Longueville, l'enfant de l'amour, celui qui avait découvert à Fresnes le secret de Madeleine.

Trois ans avaient passé. Il en restait outré de douleur. Sa goutte et sa mélancolie s'aggravaient. Rien ne pouvait le consoler. Rien ? Si peut-être, les aventures d'une jeune et charmante princesse de Clèves, imaginaire et malheureuse, victime des hommes et des rigidités de son temps, dont Madeleine lui parlait sans se lasser.

22

Chez Barbin

Gilles Ménage vit le livre chez Barbin. C'était un matin de mars, aigrelet. À son habitude, il flânait dans la boutique, devant la Sainte-Chapelle. Du Molière, toujours du Molière ! Depuis que le comédien était mort, Barbin avait acquis les droits de diffusion de ses pièces imprimées.

Soudain, un mince volume, sans nom d'auteur, et son titre, *La Princesse de Clèves*, attirèrent l'attention de Gilles. Sans savoir pourquoi, il fut ramené seize ans en arrière. L'heureux temps ! il s'occupait de l'édition anonyme de *La Princesse de Montpensier*. Madeleine avait besoin de lui, Madeleine le voyait tous les jours... Rentré chez lui, il dévora l'ouvrage d'une traite. Quand il eut fini de lire, il ne put douter. Ce roman qui venait de paraître, il était d'elle. Cette fois, Madeleine ne l'avait pas mis dans la confidence. Il en souffrit plus que de ses précédentes trahisons.

Tout de suite on s'arracha le livre. Les écrivains, bien sûr, pour trouver des raisons de le blâmer. Ensuite les femmes riches qui se piquaient de culture, les mondains qui ne voulaient pas être en reste d'actualité, les académiciens et les pédants qui le lisaient en cachette et prétendaient réserver leurs jugements.

Bientôt il gagna l'Église et l'armée, la cour et la ville. Il parvint à Reims chez l'archevêque, à Gand dont Louvois faisait le siège, en Savoie par les soins de l'ambassadeur, en Bourgogne chez l'académicien Bussy-Rabutin, bref il fut entre toutes les mains.

Segrais le découvrit par hasard, comme Ménage. Lui non plus ne douta pas que Mme de La Fayette en fût l'auteur et se sentit vexé de n'en avoir pas été averti. Il essaya de faire croire que le roman était de lui. Il rôda chez Courbé, l'éditeur rival de Barbin, y trouva quelques poètes obscurs, trois autres plus connus, un gazetier et quatre ou cinq curieux bavardant avec son ami Huet. L'occasion lui parut favorable de les convaincre.

Il se trompait. Pour une fois, les gens de lettres s'étaient intéressés à un livre qui n'était pas sorti de leurs plumes, et l'avaient lu. Miracle, le gazetier l'avait lu aussi. Ils rabrouèrent vertement Segrais.

« Il n'est pas possible, lui asséna brutalement l'un d'eux, que la *Clèves* soit de vous. Il n'y a pas, dans vos autres ouvrages, une once de la sensibilité et de la finesse qui éclatent dans ce petit livre. »

Tous approuvèrent, textes à l'appui. Huet, la mine gourmande, compta les coups. Segrais, mortifié, les quitta. Ils continuèrent à dauber sur lui. Peu à peu, l'idée leur vint qu'il n'était pas non plus l'auteur de *Zaïde*.

Pendant ce temps, Madeleine était au fond de son lit. Mal à la tête, mal aux yeux, mal au côté, nausées, tout l'arsenal de ses maux de nerveuse ! Depuis la parution de sa *Clèves*, deux jours avant ses quarante-quatre ans, elle se terrait. Marie ne cessait de lui répéter les compliments que son roman récoltait partout.

Rien n'y faisait. Elle en voulait à La Rochefoucauld. Violemment, injustement.

Elle lui en voulait de ne rien faire pour elle, de ne rien pouvoir pour elle. Elle lui en voulait d'être une femme, de porter un grand nom, d'avoir rang de comtesse, de ne pouvoir faire carrière dans les lettres. Sa vanité blessée ne se contentait plus d'un succès anonyme, comme celui de *La Princesse de Montpensier*.

Sottise que les balivernes de Marie et de ses amis que le duc colportait à l'envi ! Il n'y avait aucune honte à être lue, à figurer dans les bibliothèques. Au contraire, il n'y avait que plaisir à s'emparer de l'esprit d'un lecteur, à le conduire à son gré. Et plus les lecteurs étaient nombreux, plus le plaisir était grand. Sa *Clèves* était réussie, elle en était sûre. Elle voulait, elle méritait un succès éclatant.

Et La Rochefoucauld, qui prétendait se plaire en sa compagnie, qui se divertissait de ses récits, ne lui était d'aucun secours. À l'écouter, elle devait accepter ce qu'elle ne pouvait changer.

Quel ton cassant pour le lui dire ! Une roche ! Oui. Un roc. Insensible. Insensible à son chagrin, à son désir d'être reconnue, l'écrasant sous sa condition de femme, lui reprochant sa trop grande sensibilité, la méprisant, l'étouffant sous ses implacables maximes. Il se vantait d'avoir refusé l'offre des messieurs de l'Académie française de le recevoir en leur compagnie. Cela prouvait quoi ? Sa misanthropie ? La belle qualité ! Sa timidité, en vérité, parce qu'il avait peur de parler en public.

Elle, Madeleine, aurait su parler. Il n'y avait qu'à regarder le plaisir qu'il prenait à l'écouter les après-midi rue de Vaugirard. On murmurait qu'il l'avait aidée pour la rédaction de ses ouvrages. C'était même, elle le savait, matière à chanson : « À leur âge, ils ne sont pas capables de faire autre chose ensemble. » En fait, il ne l'aidait pas, il n'avait aucune imagination. Il la corrigeait tout au plus, un mot par-ci par-là. Mais il faisait sonner ce mot bien haut.

À y réfléchir, n'était-il pas jaloux de son talent ? Il était duc, certes, sixième duc de La Rochefoucauld, d'une condition tellement au-dessus de la sienne... Et si La Fayette était mort, si sa femme était morte, jamais il ne se serait abaissé à l'épouser, à en faire une duchesse.

En réalité, que valait-il auprès d'elle ? Que valait ce qui sortait de sa plume, ses petites phrases sarcastiques, ses sèches et péremptoires maximes, à côté de la vie qu'elle avait su créer, à côté de la chaleur et de la force de sa merveilleuse petite Princesse de Clèves ? Il l'avait laissée publier son roman. Il ne l'avait pas estimée davantage pour autant. Quelle différence avec Gilles ! Elle regrettait ses compliments, son dévouement. Lui avait su l'aimer. Et elle l'avait délaissé. Cela aussi la rendait malade.

Le hasard fit du succès du livre un triomphe. Au moment où il parut, un gazetier, Donneau de Visé, songeait à relancer le périodique qu'il avait fondé six ans plus tôt et qui périclitait. Il changea de titre et projeta de tirer un numéro par mois. Son *Mercure galant* — le nouveau titre — donnerait des nouvelles littéraires et des critiques de livres, proposerait au grand public des énigmes et des questions galantes, comme on aimait à en poser dans les cercles privilégiés des salons. Du genre : vaut-il mieux, pour un amant trompé, être abusé par de fausses apparences qu'ouvertement abandonné ?

Tout se faisait alors par écrit. Les lecteurs enverraient donc au journal leurs avis par la poste. Le gazetier les récolterait et publierait dans les numéros suivants les réponses les plus intéressantes ou les plus originales. Donneau de Visé inaugurait ainsi le premier courrier des lecteurs. Il méritait son surnom de Donneau l'Avisé.

Devant le succès immédiat de la *Clèves*, il comprit le parti qu'il pourrait en tirer. Le roman à la mode servirait le journal, qui lui-même augmenterait les ventes du livre. Il lui fallait en parler à celle que le monde des lettres désignait à mots couverts comme l'auteur. Il avait quarante ans et jouait sa carrière en relançant son *Mercure galant*. Aussi, malgré ses boucles brunes et sa voix enjôleuse, tremblait-il un peu en se rendant rue de Vaugirard. La grande dame avait publié son livre sous le couvert de l'anonymat. Comment le recevrait-elle ? Le moment ou jamais pour lui de montrer l'habileté dont on le créditait.

Il sous-estimait la vanité d'auteur et le pouvoir de la presse. Celle-ci en était aux balbutiements, mais le réflexe spontané de Madeleine, accueillant à bras ouverts son premier journaliste, lui promettait des lendemains heureux.

Quand Donneau entra dans le cabinet de travail de la comtesse, elle était debout, coiffée, maquillée, habillée à la perfection, métamorphosée, prête à tout pour son livre. Envolées contrariétés, migraines, rancœurs ! Madeleine ne confia à personne, même pas à Marie, ce qui se dit entre les murs tendus de damas fleuri. Mais le résultat dépassa les espérances des comploteurs.

Il avait été convenu que l'anonymat serait respecté. Il le fut. Comme pour *La Princesse de Montpensier*, son côté piquant ajouta à la curiosité du public. Surtout, cette fois, la première dans l'histoire littéraire, il y eut une campagne de presse exemplaire. Bien sûr, Donneau fut prodigue d'articles élogieux, tous écrits par lui et signés de prête-noms, plus ou moins prestigieux. Son coup d'éclat fut de parier sur l'aveu de

Mme de Clèves à son mari, la partie la plus originale du roman. Il ne se trompa pas.

Dès la livraison d'avril, il posa au public la question brûlante : une femme a-t-elle raison d'avouer à son mari sa passion pour un autre ? Immédiatement les réponses affluèrent. Du Dauphiné, de Bordeaux, de Dieppe, de Paris, du Poitou et même d'Italie.

Tantôt les lecteurs donnaient leur nom, tantôt ils se cachaient sous des surnoms à résonance romanesque ou mythologique, l'Insensible de Beauvais, la Diane du Vexin, le Taureau du Morvan, un Nouveau Pétrarque (d'Avignon), le Vase parfumé (de Soissons). Un Berger des Landes soutint qu'aucune femme ne saurait imiter l'aveu de la princesse : la vérité n'est jamais bonne à dire. Plusieurs dames souhaitaient — avec sagesse — tenir compte, avant d'avouer, de la personnalité violente ou non du mari.

Dans l'ensemble, les lecteurs étaient plutôt favorables à l'aveu. Certains étayaient leurs avis de raisonnements fort bien tournés. Un soi-disant géomètre de Guyenne écrivit une lettre de huit pages — on sut peu après qu'il s'agissait d'un savant, Fontenelle. Bref, le public se passionnait pour l'enquête, pour le livre et pour le journal.

Donneau ne cessait de réchauffer cet intérêt. Il revint deux fois sur la question galante, tria les réponses, classa les arguments pour et contre l'aveu, et publia en juillet, comme une sorte de feuilleton pour l'été, la longue réponse de deux fiancés du Bassigny suivie de la mésaventure qui leur arriva.

Ils étaient à table, en famille, nombreux, quand la question du *Mercure galant* fut posée par l'un des convives. On en parlait beaucoup au cours des repas. Les jeunes gens se trouvèrent d'avis opposés, le cachèrent d'abord, puis emportés par le flot des arguments que chacun de leurs proches développait, prirent parti à leur tour, calmement d'abord, de plus en plus vio-lemment ensuite.

À mesure qu'ils exposaient leurs avis, ils se chagri-naient dans le secret de leur cœur. Quelle chance avaient-ils de s'entendre une fois mariés ? Un cousin soutint avec force la jeune fille, farouchement hostile à l'aveu. Le fiancé s'imagina qu'elle ne lui était pas indifférente et que leur complicité venait de loin. Il s'emporta. La fiancée eut peur de sa violence. Sa méfiance à la pensée de leur vie commune grandit.

Autour d'eux, les parents, grands-parents et alliés, toujours hurlant, s'employaient à soutenir leurs reje-tons. Beaucoup avaient abandonné leurs positions ini-tiales pour se ranger à l'avis de leur clan. Le repas finit dans les pleurs et les cris. Deux jours après, les fian-çailles étaient rompues.

Claude Barbin se frottait les mains. En général, l'éditeur donnait une fois pour toutes une somme convenue à ses auteurs. D'ordinaire Barbin ne rentrait pas dans ses fonds. Cette fois, il voyait les ventes pro-gresser sans désemparer, les tirages se succéder.

Malgré cela, le coup de fouet qu'avait apporté à Madeleine la visite du journaliste ne dura pas. À l'au-tomne, elle était à nouveau dans son lit, en proie à des coliques et des pertes de sang. En décembre, le mieux venait lentement.

Marie ne la quittait guère et la prenait en pitié.

« Ma belle, la consolait-elle, reposez-vous. Votre petite fièvre ne cède pas, elle vous dessèche et vous affaiblit. M. Ambroise devrait vous remettre au lait.

— Hélas, il s'aigrit.

— Mangez donc un peu de viande.

— Ah, non.

— M. de Louvois vous a fait envoyer du raisin. En voulez-vous ?

— Plus tard, je suis dégoûtée. Je ne dors plus, ma

douce, je me tourne et me retourne, deux heures sonnent, trois. Je me fais apporter un livre. Je l'ouvre, je le referme. À six heures, je m'endors, à huit, je me réveille. »

Elle se tordait les mains de désespoir. Marie ne se décourageait pas de lui parler avec bonté.

« Ce qu'il vous faut, c'est du calme. Apaisez-vous, tout ira mieux. »

Elle avait raison, mais Madeleine en était incapable. Elle ne pouvait se déclarer ouvertement l'auteur de sa *Clèves*. Cela la désespérait. Elle avait même dû affirmer avec solennité à un envoyé savoyard qu'elle n'y avait eu nulle part. Il aurait été inconvenant que la correspondante de la régente de Savoie fût un auteur de profession.

Pourtant elle avait vanté le roman à l'envoyé de Jeanne-Baptiste, son écriture, sa délicatesse. « Il faut le relire plusieurs fois », ajouta-t-elle avec enthousiasme. Devant la surprise du Savoyard, elle se rattrapa d'une pirouette : « Si j'étais sûre, monsieur, que personne ne viendrait me le réclamer comme sien, je dirais qu'il est de moi. »

Ces reniements lui coûtaient, accroissaient sa tension nerveuse et ses maux. Pire, dès que les premières critiques se firent entendre, Madeleine réagit en auteur. Sans pouvoir retirer de satisfactions de sa condition d'écrivain, elle en vivait à plein les déplaisirs. Un savant pamphlet, non signé, reconnut la beauté du roman mais en dénonça quelques faiblesses grammaticales et une erreur historique. Madeleine soupçonna un jésuite, pointilleux sur la grammaire et ami de Bussy-Rabutin, le père Bouhours. Elle tâcha de s'en éclaircir par Marie.

Le jésuite — c'était bien lui le coupable — fit à l'instant marche arrière. Mme de La Fayette, écrivit-il à Bussy, était une personne trop liée à la régente de

Chez Barbin

Savoie, trop estimée du puissant ministre Louvois pour qu'il ait envie de la critiquer. Officiellement il nia. Mais deux ou trois autres académiciens boudèrent leur plaisir. Ils le firent savoir, plus ou moins discrètement, toujours avec componction.

Mme de La Fayette s'en blessa, se sentit démunie devant ces hommes sourcilleux. Au lieu de se moquer de leurs mesquines et jalouses appréciations, elle continua à s'en rendre malade. Et pour tenter de sortir de ses maux, elle choisit la plus mauvaise solution. Obligée pour se défendre à se masquer, elle chargea un abbé impécunieux d'écrire un vibrant éloge de sa *Clèves* et de le publier chez Claude Barbin — comme par hasard !

L'abbé n'avait pas la veine polémiste. Il ne sut pas assimiler les arguments que lui soufflait l'auteur, s'appesantit sur les erreurs d'impression, revendiqua maladroitement contre les doctes le droit des mondains à réussir une œuvre littéraire sans avoir appris à le faire, bref produisit un texte ergoteur et hargneux. À l'opposé de la légèreté délicate de la Clèves.

Madeleine le sentit. Son amour-propre en souffrit davantage. Depuis quelque temps, elle n'arrêtait pas de penser à Gilles Ménage et de le regretter.

23

Versailles

« Admirez, ma chère, la commodité de ce lieu, chuchotait Mme de Coulanges à Mme de La Fayette. Il n'est plus besoin de se faire étouffer pendant que Leurs Majestés sont à table, pour les voir. À trois heures après midi, le roi, la reine, tout ce qu'il y a de princes et de princesses, Mme de Montespan et sa suite, les courtisans, les dames, enfin ce qui s'appelle la cour de France se trouve dans ce bel appartement du roi.

— Si magnifiquement meublé, s'extasia Madeleine.

— Oui. Remarquez aussi, on est en juillet, et l'on ne sait ce que c'est que d'y avoir chaud. Nulle presse, pas de foule à fendre. Tout est fixé. Par quoi ? Par le jeu. C'est lui qui donne forme à tout.

— J'aperçois Mme de Montespan à la table, qui tient la carte, près de Sa Majesté.

— Et le marquis de Dangeau non loin. C'est le meilleur au reversis. Il ne songe qu'à son affaire, ne néglige rien, gagne là où les autres perdent, amasse une fortune par sa conduite.

— Gains ou pertes, cela doit aller vite, observa Madeleine. Je ne vois sur le tapis que des louis d'or. Il n'y a pas d'autres jetons. »

Elle se trouvait à Versailles, en cet été 1679, regardant, découvrant, admirant. La fois précédente, elle était restée dehors, invitée à voir les illuminations du parc. Maintenant elle était à l'intérieur du château.

Depuis deux ans, Louis XIV avait annoncé son intention d'en faire sa résidence principale. Beaucoup d'aménagements étaient terminés, beaucoup restaient à faire. Mais cette possibilité de voir le monarque sans contrainte — apparente — ni confusion, dans son appartement, enchantait les visiteurs. On la devait à Mme de Montespan. Sachant qu'on lui reprochait d'enfermer le roi dans sa chambre, elle avait voulu le redonner à la France.

Ainsi de trois à six heures, Louis XIV restait-il parmi ses hôtes, triés sur le volet, qui avaient l'insigne honneur de lui adresser... leurs remerciements. Il leur faisait parfois la grâce d'un mot. De temps en temps, il sortait de la salle pour recevoir ses courriers, lire les dépêches et en expédier. Des airs de Lully exécutés sans relâche par les musiciens du roi, rangés sur leur estrade, procuraient le meilleur effet.

Madeleine se trouvait à Versailles pour remercier Louis XIV du régiment octroyé à son fils cadet, Armand. Elle n'avait rien négligé pour son habillement. Un col de superbe dentelle en point de France agrémentait le haut de sa robe en taffetas gorge-de-pigeon. Un grand châle de léger tissu doré couvrant son dos dissimulait son embonpoint. Des rubans sombres, une dentelle noire dans ses cheveux coiffés en boucles. Rubis aux oreilles, grosses perles au cou, ses bijoux resplendissaient.

Elle eut, en remerciant, le bonheur d'un regard du monarque, et de s'entendre répondre : « Madame de La Fayette, je sais que Madame Royale écrit à M. de Louvois beaucoup de bien de vous. » Il passa à la personne suivante. La comtesse demeura, quelques instants, le point de mire des courtisans. Une phrase ! Le roi lui avait accordé une phrase.

Peu après, elle eut de nouveau la faveur d'une invitation versaillaise. Le fils de la régente de Savoie, Victor-Amédée, serait majeur, l'année suivante. Louis XIV avait négocié pour lui un mariage avec l'héritière du Portugal. Si le jeune homme devenait roi de ce pays et s'y installait définitivement, la France le persuaderait de lui céder la Savoie, peut-être aussi le Piémont. Pour faire accepter ce mariage portugais, tous les moyens étaient bons. Il ne fallait surtout pas négliger la correspondante privilégiée de Madame Royale, la comtesse de La Fayette.

On lui savait gré, de part et d'autre des Alpes, d'avoir reçu, chez elle, rue de Vaugirard, le cardinal d'Estrées et l'abbé Verrue, ambassadeur de Piémont à Paris, afin d'apaiser leur querelle de préséances lors de la réception des ambassadeurs espagnols, questions alors fort épineuses. Mme de La Fayette avait réussi au mieux leur réconciliation.

Louis XIV en était satisfait, comme du soutien qu'elle avait apporté, auprès de Madame Royale, au marquis de Pianezze, un protégé de la France, et que Louvois surnommait le marquis Finesse.

D'un point de vue familial, le puissant ministre devait beaucoup à la comtesse. Riche à millions, fort de la confiance du monarque, il lui manquait d'être allié à une famille de la meilleure noblesse. Le mariage de sa fille aînée avec le petit-fils de La Rochefoucauld, François de La Roche-Guyon, comblerait son ambition.

Malgré la fortune de la demoiselle, le vieux duc se faisait tirer l'oreille. Mme de La Fayette, dont Louvois moins que personne n'ignorait l'influence sur lui, devait arracher, avec sa diplomatie coutumière, le consentement de son ami. Elle réussit. Le mariage serait célébré en novembre. Cela valait bien une visite en privé des jardins de Versailles.

Là encore, comme à l'intérieur du château, le roi avait des projets grandioses, mais rien n'était terminé. Le Nôtre, les frères Perrault, Le Vau, les meilleurs architectes, s'activaient sur le chantier. Depuis deux ans, Jules Hardouin-Mansart les avait rejoints et accélérait les travaux. Peu à peu, les artistes réalisaient les commandes des ensembles sculptés passées en 1674 par Colbert. Et le roi avait une joie toujours renouvelée à parcourir et faire admirer ces immenses jardins, sa création.

Pour admirer des jardins, Madeleine était à son affaire. Après le jeu, au lieu de rentrer à Paris comme la fois précédente, elle eut l'honneur de monter dans une calèche découverte, qui roula, pendant la promenade, à la suite de celles du roi, de la reine et des princesses. Mme Scarron, dont l'influence grandissait à la cour et qui était devenue marquise de Maintenon, avait chargé son amie, Mme d'Heudicourt, d'accompagner la comtesse de La Fayette. Un architecte monta auprès d'elle pour lui expliquer les lieux parcourus.

Le « parterre de Latone » enthousiasma Madeleine avec son bassin principal orné des statues de la déesse et de ses enfants-dieux, Apollon et Diane, et ses deux bassins secondaires dits des Lézards.

« Pour le moment, expliquait l'architecte, Latone regarde vers le château, c'est-à-dire vers le roi, mais M. Hardouin-Mansart veut la faire pivoter d'un demi-cercle et diriger ses regards vers la perspective du parc quand celui-ci sera dans toute sa beauté. »

Empressé, il montra la grotte de Thétis, dont trois niches accueillaient déjà des sculptures, *Apollon servi par les nymphes* et les deux groupes des *Chevaux du soleil*.

Il parla de la petite orangerie de Le Vau, dont on allait doubler la surface, du parterre du Midi, que l'on agrandissait aussi en abattant un bosquet, le Bois vert : « On organise l'ancien bosquet en parterre à l'anglaise. Il s'appellera parterre des Fleurs. Quant à cette pièce d'eau, que l'on est en train de creuser, on la nomme bassin des Suisses. Ce sont les soldats de ce régiment qui en font le creusement et le terrassement. Et voyez, madame, l'habileté des maîtres-jardiniers. La terre retirée sert à l'agrandissement du Potager du roi, que dirige depuis quatre ans M. de La Quintinie. Sa Majesté tient fort à son potager. »

Il fut intarissable sur le Labyrinthe, un élément de jardin toujours en vogue depuis le Moyen Âge, et sur son décor sculpté de trente-neuf fontaines : « Elles illustrent les fables d'Esope au moyen d'animaux coulés en plomb et peints au naturel. Monseigneur le Dauphin en se promenant peut s'y instruire à loisir. »

Parterres en étoiles, quinconces, montagnes d'eau, demi-lunes, projets en cours, réalisations, colonnades, c'était presque trop. Quand on arriva au bassin d'Apollon, d'où se dégageait la perspective du Grand Canal récemment achevé, Madeleine était recrue d'admiration.

Devant le groupe représentant le char doré d'Apollon tiré par quatre chevaux et entouré de quatre tritons, devant les deux gondoles venues de Venise avec leurs gondoliers, et les vaisseaux amenés de Marseille, qui se balançaient mollement sur l'eau, elle demeura subjuguée.

Le soleil se couchait dans l'axe du Grand Canal, inondant le ciel de pourpre. En hâte, maintenant, les calèches royales revenaient vers le château. Perdue dans sa rêverie, dans les images de beauté, d'eau et de verdure qui l'avaient si fort impressionnée, Madeleine se retrouva, sans trop savoir comment, dans son carrosse qui, à la lueur des flambeaux, la ramenait rue de Vaugirard.

Le lendemain matin, elle raconta en détail sa journée à Marie. « L'extraordinaire, ajouta-t-elle, est que je n'ai pas eu la moindre migraine, la moindre fatigue ! » Avec une pointe d'envie, l'amie se disait : Évidemment. On oublie tous ses maux auprès du Roi-Soleil.

Avec La Rochefoucauld, l'après-midi, Madeleine se montra moins prolixe. Il entra chez elle, bougon d'avoir été privé la veille de sa sortie et de sa distraction habituelles. Et puis, il lui aurait gâté son plaisir. Il y avait longtemps que les ors de la cour ne l'éblouissaient plus. Il ne parla que de ses maux et de sa goutte.

Ce fut le mariage de l'année. En l'église Saint-Roch. À la messe, Mlle de Louvois portait une robe de velours noir entièrement garnie de diamants avec jupe de toile d'or, François de La Roche-Guyon un habit de même velours noir à manches de satin blanc. L'ambiance n'était ni à la prière ni au recueillement.

On ne parlait que du trousseau inimaginable de la jeune femme. Point d'Espagne sur satin bleu, toilette parsemée de fleurs incarnat entourées d'argent, ou de brocart jaune souligné de filet vert, agrémenté d'émeraudes. On ne comptait plus les jupes ni les robes incarnat ou feu, brodées, rebrodées d'or, les dentelles, les manches garnies de perles. Les privilégiés du tout-Paris étaient allés voir, comme un spectacle à l'opéra, ce trousseau de rêve exposé chez la mariée.

Que dire de la réception chez le ministre, son père ? Trois jours de fête. Le 23 novembre, des orangers en pots, des fleurs en caisses, disposés partout. Louvois avait fait revenir le printemps.

Au-dehors, tourbillon, brasiers de feu, embarras de carrosses, cris dans la rue, presse effroyable, flambeaux allumés en permanence. Au-dedans, dissipation, bousculade, bavardages ininterrompus, questions sans réponses, plumes de chapeaux et boutons de perles arrachés, habits chiffonnés, pieds des messieurs entortillés dans les queues des dames. Vanité des vanités, aurait dit Bossuet. Une vanité de gens très riches...

À ce mariage dont elle avait été l'éminence grise, Madeleine n'assistait pas. La femme d'un comte auvergnat y avait-elle vraiment sa place ? Ce n'étaient que ducs, grands officiers de la couronne, gens de la cour, ambassadeurs étrangers. Marie de Sévigné ne fut admise chez le ministre que le troisième jour, à la plus grande presse. Elle ne vit rien, en sortit étourdie et déçue.

Mme de La Fayette avait droit à la reconnaissance particulière de Louvois. Il l'avait invitée pour les trois jours de fête. Si elle n'y était pas, c'est qu'elle avait refusé d'y aller.

Qu'avait-elle à faire de la famille de La Rochefoucauld ? Ne savait-elle pas l'hostilité pour elle de ses sœurs, de ses enfants ? Sa femme, la duchesse, était morte deux ans plus tôt, discrètement comme elle avait vécu. Mais La Fayette vivait toujours dans son Auvergne. De toutes façons, Madeleine se l'était dit plusieurs fois, le duc ne l'épouserait jamais. Et elle avait trop de vanité pour s'imposer à cette fête comme l'invitée de Louvois et la bonne amie du patriarche des La Rochefoucauld.

Que représentait-elle pour ce jeune François de La Roche-Guyon, huitième duc de sa race, né et grandi dans l'argent et les honneurs ? Une parvenue qui s'enrichissait en trafiquant avec la Savoie, une épouse sans mari, une ambitieuse, même pas séduisante, qui avait envoûté son grand-père et l'attirait chez elle chaque jour, une comtesse — malgré tout — dont on murmurait qu'elle écrivait des romans et dérogeait à son rang. Bref, le contraire de l'idée qu'on se faisait des femmes, dans sa famille, depuis des générations.

Aux yeux des La Rochefoucauld, les femmes ne devaient être que des « Lucrèce », briller de leur seule vertu, dévouées corps et âme à leurs époux et leurs enfants. La jeune épouse qu'il installait dans le superbe hôtel de Liancourt rue de Seine, La Roche-Guyon entendait bien la polir ainsi. Et suivre l'exemple de son grand-père, le vieux duc.

Rue de Vaugirard, Madeleine ne cessait de penser à lui. Elle avait refusé l'invitation au mariage, mais elle l'aurait voulu près d'elle. Rancœur, humiliation, chagrin, des sentiments dévastateurs qu'elle connaissait à satiété. Malgré les œuvres d'art qui l'entouraient et lui affirmaient sa réussite sociale, elle s'abîmait dans sa douleur.

Pour tenter de se consoler, elle repensa à la visite des jardins de Versailles que Louvois lui avait offerte en guise de remerciement. Ah, il lui avait écrit aussi une lettre l'assurant à jamais de ses bons offices. La lettre servirait à ses fils.

Elle contempla la surprise dernier cri, dont la mode venait d'Espagne et que la France s'apprêtait à faire à Madame Royale. Le cardinal d'Estrées la lui porterait dans quelques jours pour le nouvel an. En attendant, elle trônait rue de Vaugirard, dans la grande salle.

C'était elle, Madeleine, qui en avait procuré le dessin et surveillé l'exécution. Un écran de cheminée au pied de vermeil, au galon clouté de diamants, surmonté de la couronne de Savoie, en diamants aussi. Il représentait en miniature la régente montrant à son fils la ville de Lisbonne et son port. Une pièce d'une valeur exceptionnelle et chargée de signification politique. En retour, que de présents n'allait-elle pas recevoir de Jeanne-Baptiste !

24

Rue de Seine

Vint le jour de janvier où la goutte empêcha La Rochefoucauld de se faire conduire rue de Vaugirard. La goutte, vite dit. Depuis décembre, le duc traînait un gros rhume avec une vilaine toux et de l'oppression. Mme de La Fayette s'inquiétait de son état.

Emmanuel de Coulanges, toujours optimiste, lui racontait le cas du maréchal de Bellefonds : « Il était au bord de la mort, accablé d'une goutte remontée, comme disaient les médecins, de sueurs froides et de pertes de connaissance. Le frère Ange, vous savez, ce capucin qui loge au faubourg Saint-Jacques, qui a inventé une eau végétale laxative et une manière de faire l'or potable, l'a traité quinze jours avec ses remèdes doux et agréables. Il a rejeté la goutte sur les genoux et les pieds. Voilà le maréchal guéri ! »

Mais Bellefonds était solide. La Rochefoucauld, outre ses attaques fréquentes de goutte, avait été soigné, trois ans auparavant, par l'abbé Bourdelot, premier médecin de la reine de Suède et du prince de

Condé, pour une pneumonie accompagnée de toux et de crachement de sang. Fagon, premier médecin de la reine, d'accord, pour une fois, avec son confrère, estimait que ce n'était pas rien pour un homme de plus de soixante-cinq ans.

La tristesse s'abattit sur la maison de Vaugirard quand l'absence du duc se prolongea. Difficile pour Madeleine de communiquer avec lui. L'hôtel de la rue de Seine lui était irrémédiablement fermé. Moins encore qu'au mariage de son petit-fils, où elle se serait peut-être perdue dans la foule des invités, la présence de la comtesse auprès du duc était acceptable. La famille faisait corps. Fils, belles-filles, sœurs, petits-enfants, domestiques dévoués, ils montaient la garde autour de leur patriarche et excluaient l'intruse, qui leur avait volé tant d'heures précieuses de leur cher malade. Madeleine se rongeait les sangs.

Quand, le 8 février, elle vit la porte de sa grande salle s'ouvrir sur son ami, elle ne put retenir sa joie. Elle si lourde, s'élança de son fauteuil, se précipita vers lui et lui prit les mains. Il était maigre, pâle, décomposé. Oui, mais il était là, vivant.

Comme si de rien n'était, il prit son siège habituel près de Madeleine et affecta de reprendre le fil d'une conversation interrompue de la veille, seulement. Marie était là, comme toujours. Le duc fit effort pour être aimable et spirituel. Il félicita la bonne Sévigné de la promotion récente de son gendre et de la nomination d'un des frères de celui-ci à un poste envié chez le dauphin.

Avec verve, il conta à Madeleine la mésaventure arrivée à Mme de Soissons, la bête noire de la duchesse de Savoie. Compromise dans la grave affaire d'empoisonnements, de sorcellerie et d'avortements qui touchait alors, après la Voisin, bien des grandes dames, la Soissons s'était réfugiée à Bruxelles.

Un dimanche, à l'église, elle avait dû partir en hâte sous les insultes et le tintamarre provoqué par de mauvais garçons. Ils avaient attaché plusieurs chats ensemble pour faire croire au sabbat des sorcières et des diables. « Sa Majesté avait fermé les yeux sur la fuite précipitée de Mme de Soissons, mais les miaulements enragés des chats ont bouleversé la pauvre femme », conclut le duc en souriant. Madeleine n'en revenait pas, il souriait.

Quelques jours encore. Un répit bienheureux. Le cérémonial paraissait normal. Cela durait depuis vingt ans. Le fidèle Langlade, chaque après-midi, s'effaçait pour ouvrir à son maître la porte de la maison familière. Le 8 mars, à l'heure habituelle, Langlade ouvrit la porte. Il était seul.

Alors commencèrent pour Madeleine des jours d'angoisse. Cette fois, du moins, elle était informée. La Rochefoucauld, en sa période de rémission, avait chargé Langlade de la tenir au courant, quoi qu'il arrivât. Il faisait donc la navette chaque après-midi entre la rue de Seine et la rue de Vaugirard.

Jusqu'au 12, l'état du malade resta critique. Il avait du mal à respirer, une grosse fièvre, parfois l'apparence de la mort. Certains médecins, dont Bourdelot, songeaient à une nouvelle attaque pulmonaire. D'autres ricanaient. « Le poumon ! Le poumon ! Nous ne sommes pas dans une comédie de M. de Molière. »

Au frère Ange, toujours à rôder auprès des patients huppés, s'était joint un certain Tabor, surnommé l'Anglais, qui proposait lui aussi un remède miracle, chaud et vineux, à base de quinquina. Sans rien faire, il s'était acquis une grande réputation. Arrivé trop tard auprès du cardinal de Retz mourant, il avait persuadé tout le monde que son remède, administré à temps, aurait sauvé le prélat.

La famille du duc, se souvenant de l'exemple du

maréchal de Bellefonds, choisit d'abord de suivre les avis du frère Ange. « C'est donc lui qui le tuera, si la Providence en a décidé ainsi », remarqua Marie, avec sa philosophie coutumière. Pourtant, un mieux se dessina le 13. Si frère Ange réussissait, l'Anglais, une nouvelle fois, n'aurait pas à montrer son talent.

Le 14, le fils aîné voulut affirmer son autorité. Ses frères et sœurs étaient divisés sur le traitement à prescrire à leur père. Saignée, ou non. Goutte ou poumon ? Frère Ange ou l'Anglais ? Il trancha en faveur de l'Anglais. Le 15, le vieux duc prit trois fois de son fameux remède.

Cet après-midi-là, Langlade arriva en retard rue de Vaugirard. Madeleine était aux cent coups, échevelée, livide, désespérée — Fanchon, envoyée incognito rue de Seine, avait appris que l'on fermait la maison, signe de deuil. Langlade réconforta la comtesse, parla de l'Anglais et d'« une considérable évacuation ».

« Les jambes ont enflé, madame. Mais ce n'est rien. On croit à l'efficacité du remède. » Son maître, ajouta-t-il pour le plus grand bonheur de Madeleine, s'était senti assez bien pour penser à lui demander des nouvelles de Mme de La Fayette.

De fait, le samedi 16, tous chantaient victoire rue de Seine. Le duc avait la tête plus libre, la fièvre moindre, toujours des évacuations salutaires. L'Anglais affichait un air de triomphe. Les autres médecins se renfrognaient. Brusquement, à six heures du soir, l'état de La Rochefoucauld s'aggrava. Redoublements de fièvre et d'oppression, toux déchirante. On appela Bossuet, le spécialiste des agonies illustres. Il arriva en hâte. À minuit, tout était fini.

Madeleine l'apprit au matin du 17, avec d'autant plus de chagrin que Langlade l'avait parfaitement rassurée la veille et qu'elle s'était endormie en paix. Ainsi, elle l'insomniaque, avait choisi, pour mieux dormir, la nuit même où mourait l'homme qu'elle avait aimé.

« On serre les files, et il n'y paraît plus ! » Madeleine refusait ces mots de consolation, atroces et énergiques, que lui avait écrits la fille de Marie, depuis sa Provence. Elle refusait d'ailleurs toute consolation. Elle buvait sa douleur à grands traits.

En trois mois, ses proches et Fanchon, ratatinée maintenant comme une vieille pomme, virent l'affligée fondre sous leurs yeux. Plus besoin de régime amaigrissant. Elle n'avait envie de rien, pas même de tourtes au mouton ni de sucreries. La mélancolie l'accablait. Les migraines, familières, l'assaillaient, et un mal nouveau, des « gonflements d'entrailles », disait M. Ambroise, incapable de les nommer précisément, incapable de les soulager.

Madeleine ne savait plus où se tourner. Même l'écriture ne lui était de rien. Trop longtemps, elle avait imaginé, raconté, rédigé, pour briller aux yeux de La Rochefoucauld. Écrire maintenant ? Pour qui ? À qui ? Et la pensée lui venait peu à peu de retrouver les échanges qui l'avaient aidée à survivre dans sa solitude de Provence ou d'Auvergne.

Gilles, il était toujours en vie, lui. Soixante-dix ans à peu près. Elle revivait sa joie d'autrefois à découvrir, chez l'oncle-évêque de Limoges, son poème de *L'Aminte* qu'il lui avait dédicacé. Et leur descente du Rhône, leur promenade provençale au pont Flavien, sa sollicitude pour la publication de *La Princesse de Montpensier*. Dire qu'elle ne lui avait même pas envoyé un exemplaire de sa *Princesse de Clèves*... Comment oserait-elle lui écrire ?

La dame de Vaugirard

Il y avait un an et un jour que La Rochefoucauld était mort. Madeleine fêtait, rue de Vaugirard, dans la tristesse et la solitude, son quarante-septième anniversaire. Son mari était mort, lui aussi, deux mois auparavant, dans son Auvergne. On l'avait enterré à Nades. Trop malade, indifférente à cet homme qu'on lui avait imposé et dont elle n'avait fait que partager le nom, elle ne s'était pas déplacée. Il faudrait bientôt, se dit-elle, qu'elle règle la succession. Une occasion de voir ses fils, qui ne la fatiguaient pas de leurs visites.

Marie entra, toujours fidèle et caressante, fort émue à l'évidence. Elle avait pour son amie une nouvelle qui lui serait peut-être d'importance. Segrais l'en avait informée. Mais elle tairait sa source d'information. Mme de La Fayette n'aimait pas qu'on prononçât le nom du voleur devant elle.

« Je viens d'apprendre que Gilles Ménage est tombé et s'est cassé la hanche. Cela s'est passé à Notre-Dame. Il venait d'assister à un office de carême. »

Madeleine fut partagée entre compassion et satisfaction. Elle la tenait, l'occasion de reprendre la correspondance avec Gilles. Le soir même, elle était à son écritoire parmi ses damas et ses meubles précieux. Jamais, depuis longtemps, la soirée ne lui parut si courte.

Elle traça d'abord quelques lignes de banale consolation : « Je vous demande de vos nouvelles. Dites-moi si vous souffrez beaucoup et si vous avez quelque espoir de marcher à nouveau. » Cela n'allait pas. Tant de complicité autrefois, tant d'années de rupture ! Bientôt, le regret de son silence l'envahit, elle s'abandonna à l'émotion et reconnut ses torts : « Mon ingratitude envers vous n'est qu'apparente. » Elle alla jusqu'à reconnaître : « Je tiens de vous tout ce que je sais. »

Elle consentait avec joie à faire plaisir à son vieil ami, à s'affirmer son obligée, mais elle ne voulait pas de malentendu. Dans un post-scriptum maladroit, elle lui redisait, en guise d'avertissement pour l'avenir, la traduction d'un vers en italien dont elle lui rebattait jadis les oreilles, « L'amour tendre, oui, la passion, non. » Elle voulait qu'il se rappelât ses fautes passées. Plus d'empressements amoureux. Dès l'âge de vingt ans, elle l'avait assuré que l'amour était une passion fort incommode. Il ne l'avait pas crue, avait tenté d'aller au-delà de l'amitié. Cela avait tout gâché.

Imperturbable Madeleine ! Ne se souvenait-elle plus de l'âge de Ménage, de son état de santé ? La blessure du Clos-Lucas ne s'était-elle donc jamais refermée ? Renouait-elle avec Gilles au point exact de sa jeunesse où elle l'avait abandonné ? N'avait-elle donc rien appris de son ami de la rue de Seine, sur la douceur des émotions partagées ?

À moins que la douleur violente éprouvée à la disparition de La Rochefoucauld n'ait encore accru sa méfiance de l'amour. Il n'apportait à la femme que bonheur imparfait. Il faisait souffrir ses héroïnes de roman, toutes. Il l'avait fait souffrir elle-même. Pour le peu de temps qui lui restait à vivre, il ne lui fallait pas s'en encombrer.

Gilles ne s'offusqua pas de l'avertissement. À son âge, l'amour tendre lui convenait... Il chassa les regrets et s'abîma dans la joie. Son idole lui avait écrit. Enfin ! Il répondit à Madeleine avec enthousiasme : « Je l'ai lue, mille fois, cette lettre, je l'ai baisée, je l'ai arrosée de mes larmes. Je la garde dans ma cassette favorite, comme un précieux joyau. »

La correspondance entre eux reprenait, active, chaleureuse. Ils évoquaient, pour ne pas les perdre, leurs menus bonheurs d'autrefois et partageaient leurs plaisirs de lectures. Et Madeleine, l'auteur de romans à succès, tenait à se présenter devant Ménage en écolière attentive, comme par le passé.

Elle lui demandait conseil pour la généalogie des La Fayette qu'elle voulait établir et dont elle ne venait pas à bout, elle s'informait auprès de lui des nouveautés à lire. « Des ouvrages de narration, soulignait-elle. Un livre de raisonnement emporterait ma pauvre tête perclue de migraines. » Cette soumission intellectuelle n'était-elle pas une manière de retrouver le temps perdu ?

Ménage était aussi le confident secret de ses ennuis de santé et de ses réflexions sur la vie. Marie demeurait souvent en Bretagne près de son fils, songeait même, depuis la mort de son oncle l'abbé, à s'installer en Provence chez sa fille. Où Madeleine trouverait-elle oreille plus attentive que celle de Gilles ?

Elle sentait à nouveau le plaisir d'écrire. Mais c'était pour parler longuement d'elle, non plus pour inventer des héroïnes imaginaires. La Rochefoucauld avait besoin de ces femmes rêvées, racontées par Madeleine, pour l'apprécier. Il s'intéressait plus à ce qu'elle inventait qu'à ce qu'elle était. Ménage au contraire l'aimait pour elle-même. Il était comblé de l'entendre se raconter dans ses lettres. C'était lui qui rêvait leur amour.

Il ne lui fut donc pas difficile de reprendre ses louanges comme par le passé. Immédiatement, elle en fut réconfortée. De la tendresse, voilà ce qu'il lui fallait ! Elle se mit à attendre les lettres de Gilles, le moindre de ses billets. Sans fin, comme pour compenser ses silences de jadis, elle lui répétait le bonheur qu'elle retirait de son amitié.

« Je la reconnais telle que je l'ai vue autrefois. Que l'on est sotte quand on est jeune ! On ne connaît pas le prix d'un ami tel que vous. Il en coûte cher pour le savoir, ajoutait-elle, mélancolique. Il en coûte la jeunesse. »

Attentionné comme un soupirant frileux, il en oubliait la fortune de son idole. À la richissime comtesse de La Fayette, comblée des présents les plus somptueux par les grands du royaume et d'ailleurs, il envoyait un panier de prunes. Des prunes un peu acides, dont elle aimait la confiture, ou la poularde qu'il venait de recevoir d'Anjou. Cela la touchait. Elle s'en régalait, lui écrivait-elle en le remerciant. Elle mentait. Il n'était pas là pour voir.

25

L'hôtel de Marillac

Ils ne devaient jamais se revoir. Gilles se distrayait en lisant, en écrivant, en recevant chez lui les invités de ses Mercredis. Mais il avait le plus grand mal à marcher, malgré ses deux béquilles. Difficile de venir chez Mme de La Fayette. Et puis, qu'y aurait-il fait ? La Rochefoucauld aimait les compagnies choisies, il avait fait le vide autour de son amie. Depuis sa mort, la maison de la rue de Vaugirard était pleine de marchands, d'ambassadeurs, de solliciteurs, de femmes à la mode, de politiques. Pas un public pour Ménage ! Il n'était plus la coqueluche des mondains, mais un austère et vieux savant tout juste capable de faire, en une page, référence à vingt-deux ouvrages érudits...

Quant à Madeleine, elle ne cherchait pas à le rencontrer. Sa correspondance avec lui, longs messages ou courts billets, lui suffisait. Elle y distillait ses trouvailles de style comme naguère dans ses romans. Parfois, elle convoquait Gilles : « Il fait beau, venez un peu dans mon jardin. » Oubliait-elle qu'il ne pouvait se déplacer ? Sûrement pas. Elle cherchait plutôt à revivre le passé, quand elle exigeait qu'il fût à ses petits soins et l'accablait de recommandations, comme son esclave.

Elle ne proposait jamais à son ami malade de lui rendre visite. Manque de sollicitude ? Non. Elle ne l'avouait pas mais elle ne voulait pas qu'il vît sa cinquantaine ravagée et maladive : « Vous ne me reconnaîtriez plus. Le temps a détruit les matériaux », laissa-t-elle échapper un jour. Il la devinait. Il la comprenait. Et ne voulait pas confronter le visage de sa bien-aimée avec son souvenir. Il se rappelait sa déception quand elle était arrivée d'Auvergne.

Surprenantes retrouvailles où l'on ne se retrouvait que sur le papier. Sans que rien ne fût dit ni concerté. Madeleine pouvait ainsi, sans risque, se lamenter sur sa décrépitude : « J'ai encore de la taille, des dents, des cheveux, mais je suis une fort vieille femme. »

Ce n'étaient que des mots. Ils n'empêchaient pas Ménage de revoir la jeune fille à la robe blanche récitant les vers du jardinier devant un tableau de fleurs. Ils ne l'empêchaient pas non plus d'écrire, dans ses lettres, d'autres mots de louange à la gloire de sa « divinité ».

Et même si Madeleine lui répondait : « Hélas ! Maigre divinité ! », les mots de Gilles comblaient sa solitude affective et son besoin d'être admirée, la soutenaient dans sa marche vers la vieillesse et la mort. Rien de charnel jadis dans sa relation avec lui. Rien non plus aujourd'hui. Pas de désir physique, tout juste un lien épistolaire. Elle n'avait donc pas besoin de le rencontrer. Elle ne retrouverait, à le voir, que le temps perdu.

Ce courant d'amour tendre, qui passait du cloître Notre-Dame à la rue de Vaugirard, suffit à redonner courage à Madeleine. Elle décida de brusquer le mariage de son fils Armand.

Elle faillit se faire gruger par le marquis de Lassay, qui poussait son aîné, l'abbé, au jeu, à des sorties inconsidérées et à de mauvais placements financiers. La fille unique de ce Lassay, dont la mère était morte en couches, avait semblé à Mme de La Fayette un parti intéressant pour son cadet. Intéressé, s'aperçut-elle très vite.

Elle eut la main plus heureuse avec les Marillac. Une famille de robe, certes, non d'épée comme les La Fayette, mais honorable, apparentée à Lamoignon, l'ancien président du parlement de Paris, et qui comptait parmi ses membres garde des sceaux, maréchal de France, conseiller d'État. Tous se réjouissaient de voir le comte Armand de La Fayette épouser Jeanne, leur héritière.

Ces gens de robe avaient des biens. La riche dot de la jeune fille serait payée aux trois quarts, la veille du mariage. Avantage appréciable à une époque où le paiement des dots se traînait souvent jusqu'après la mort des épouses ! Les Marillac logeraient dans leur hôtel le nouveau ménage et l'entretiendraient. Ils n'étaient que trop honorés de leur alliance avec la puissante comtesse.

« Ses amis sont infinis, de tous côtés et de toutes conditions, disaient-ils. Sans sortir de sa maison de Vaugirard, elle atteint partout. »

À l'occasion du mariage, elle régla la succession de son époux. Dès sa mort, qu'elle ne prit pas la peine d'annoncer dans le *Mercure galant* — elle connaissait pourtant bien son directeur, Donneau de Visé —, elle avait renoncé à la communauté. Son contrat l'y autorisait et elle était entrée en possession de ce qui lui appartenait en propre, les quatre maisons des rues

Férou et Vaugirard, des rentes importantes, des meubles et des bibelots d'une valeur considérable.

Ensuite elle réclama à ses fils l'argent dépensé, sur ses biens, pour les dettes et procès de leur père, l'entretien, l'agrandissement ou l'embellissement de ses terres et demeures. La somme, calculée au plus juste, y compris la dépense des obsèques, s'avéra énorme, dépassant de beaucoup la valeur des biens de l'héritage paternel. Louis et Armand n'étaient pas en mesure de rembourser leur mère. Elle n'hésita pas à les assigner en justice.

Se vengeait-elle inconsciemment du testament de sa mère qui l'avait dépouillée au profit de Renaud ? N'éprouvait-elle que haine pour ces fils qu'elle avait enfantés sans amour ? Ce serait trop dire. La preuve, Marie de Sévigné, orfèvre en affection maternelle et filiale, ne la condamna pas.

Simplement, Madeleine prenait une revanche sur sa condition de femme, et sur ces terres d'Auvergne qu'elle avait tant détestées. Sans elle, son mari n'aurait pu les garder. Elles avaient été l'enjeu de son mariage forcé. Par son habileté, sa patience, elles avaient, au fil du temps, pris de la valeur. Maintenant elles lui appartenaient.

La sentence du Châtelet obligea ses fils, insolvables, à lui céder, en remboursement des frais engagés par elle pour le comte, la pleine propriété du patrimoine mobilier et du patrimoine foncier de M. de La Fayette. Rien de dénaturé dans la conduite de cette femme vieillissante, qui désirait avant tout occuper, en pleine indépendance financière, la première place dans sa famille. Ses relations et sa fortune la lui assuraient. Ses fils la lui reconnaissaient. Voilà ce qu'elle voulait.

Cela ne l'empêcha pas ensuite de les faire profiter de ses biens. Elle assura à son fils l'abbé une rente solide sa vie durant, à condition qu'il renonçât aux successions paternelle et maternelle au profit de son cadet. Au contrat de mariage d'Armand, quelques semaines plus tard, elle rendit à celui-ci les possessions auvergnates des La Fayette et lui donna même son bien propre, le tout sous réserve d'usufruit. Ainsi ne se dépouillait-elle pas, mais concentrait-elle sur le fils appelé à faire souche les possessions de la famille.

Le mariage devait être célébré en décembre 1683, en l'église Saint-Merri. Madeleine s'était commandé une toilette somptueuse, qu'elle avait choisie, pour masquer désormais sa maigreur, en velours incarnat doublé de lourd taffetas moiré. Les félicitations affluaient, celles de Louvois en tête. La carrière du jeune marié était assurée. La mariée serait présentée à Versailles en janvier. Les Marillac n'étaient pas déçus.

Le 10, l'avant-veille de la cérémonie, en ouvrant dans sa chambre son secrétaire de bois noir, Madeleine s'aperçut qu'on lui avait dérobé une grosse somme en louis d'or.

De ce meuble qui venait de son père et où elle déchiffrait, enfant, les scènes peintes de la vie du prophète Daniel, peu de gens avaient la clé, Fanchon, ses deux femmes de chambre, son valet, et Marie, pour le cas d'un malheur. Marie était en Bretagne. Les autres paraissaient hors de soupçon. Mais il fallait se rendre à l'évidence. L'or s'était envolé.

Plus que le préjudice financier, dont elle se remettrait facilement, la nécessité de soupçonner des gens qui vivaient près d'elle, dans son intimité, bouleversa Madeleine. Elle dut s'aliter, eut une considérable perte de sang. Comme si cela ne suffisait pas, Ambroise la saigna deux fois coup sur coup. Épuisée, exsangue, elle ne put assister au mariage de son fils.

Ni assister le lendemain aux félicitations que recevait sa belle-fille sur son lit d'apparat à l'hôtel de Marillac. Mme de Coulanges raconta à Madeleine la tapisserie à fleurs de lys — privilège de l'oncle garde des sceaux —, et le manteau de l'ordre de Saint-Michel — héritage du grand-père chancelier —, qui décoraient la chambre. Mme de La Fayette pouvait être satisfaite. Sans qu'il ait besoin de vendre son nom, comme se disposait à le faire le petit-fils de Marie, elle avait procuré à son cadet un beau mariage. Sa belle-famille saurait gré à Armand de son titre et de sa richesse. Pour Madeleine, quelle revanche sur sa propre jeunesse !

« Je ne puis en profiter », écrivit-elle à Gilles. Pas seulement parce qu'elle était malade, épuisée, victime de ses éternelles insomnies. « Mais aussi, lui confia-t-elle, parce que ce mariage, voulu et réussi, me dépossède. Je n'y peux rien, je ne suis plus maîtresse de moi-même. Une mouche me paraît un éléphant. J'ai honte de mes sentiments » — toujours les vieux démons !

Et d'expliquer longuement à Ménage qu'il lui en coûtait de se démettre de son autorité. Jusque-là elle avait tout régenté, mari, enfants, carrières, procès. Elle avait agi à sa guise.

L'arrivée de cette nouvelle petite comtesse marquait la fin de son règne. Il lui fallait le reconnaître. Elle la jalousait. La jeune femme n'avait pas, comme elle jadis, épousé un La Fayette, contrainte et forcée. Elle était spirituelle, vive, pleine d'assurance dans le monde, d'une assurance confortée par une ascendance d'honnêtes serviteurs de l'État, reflétée par les miroirs et les cristaux des somptueuses maisons des parlementaires de sa famille, entretenue par les soins d'une mère attentive et sage. Elle aurait sûrement tant de succès dans les salons qu'elle ferait oublier sa belle-mère.

Déjà les chansonniers le devinaient. Ils se

moquaient de la timidité d'Armand, un ours comme le vieux La Fayette ! et lui prédisaient une belle carrière... de cocu. « Il ira dans ses terres, comme monsieur son père, et sa femme fera des romans à Paris, avec les beaux esprits. »

« M. le duc de Savoie s'unira à la fille de Monsieur, frère unique du roi et de feu Madame Henriette, ce prochain mois d'avril », vint annoncer à Mme de La Fayette Ferrero, récemment promu ambassadeur de Turin à Paris.

Victor-Amédée, devenu majeur, avait rejeté l'autorité de sa mère en même temps que le mariage portugais. Pour ne pas mécontenter Louis XIV, son voisin, il avait accepté de se marier avec une princesse française, la nièce du monarque. Dans sa propre cour, Madame Royale était tenue par son fils dans une sorte de disgrâce. Et même si elle gardait intacte la reconnaissance du puissant Louvois, l'importance diplomatique de Mme de La Fayette avec la Savoie en était diminuée. Son importance tout court.

Elle n'avait plus besoin des présents de Madame Royale. Elle était riche. Mais le plaisir des conversations secrètes, des intrigues avec les ambassadeurs, les ministres, lui manquait. Elle tenta de se faire introduire auprès de la nouvelle petite duchesse de Savoie, usa de lettres maladroites, fureta partout en quête de recommandations, ne parvint pas à faire oublier son étroite connivence avec la régente déconsidérée et ne réussit qu'à se faire surnommer par Ferrero « le furet ».

Ce qui la vexait, c'était d'avoir manqué le coche. Car enfin, elle l'avait bien connue, la reine douairière d'Angleterre, la grand-mère de cette péronnelle de duchesse qui ne répondait pas à ses lettres. C'était elle qui l'avait recommandée à Jeanne-Baptiste. Son tort avait été de négliger la fille de la reine, la fragile Henriette qu'elle avait aperçue un jour, à la Visitation, il y avait si longtemps.

Elle avait été charmée par cette petite fille, sa grâce, son je ne sais quoi. Elle aurait voulu la connaître, devenir son amie, tendre et attentive, en faire une de ses héroïnes, pourquoi pas ? Et puis elle l'avait oubliée. Henriette était morte à vingt-six ans, sœur, fille et belle-sœur de rois, la perle de la cour de France, laissant deux filles, dont cette Anne-Marie, qui épousait à seize ans le duc régnant de Savoie et tenait en mépris l'amie française de sa belle-mère.

On ne meurt de la mort de personne, c'est vrai, pensa Marie en débarquant rue de Vaugirard, après un long séjour en Bretagne. Elle retrouvait son amie encore amaigrie, et mélancolique. Mais elle pensait ne plus la retrouver vivante, frappée au cœur par la mort de La Rochefoucauld.

Dans ses lettres, Madeleine n'avait cessé d'énumérer ses maux, ses remèdes inutiles, son épuisement. Qu'elle descendît la recevoir dans la grande salle, qu'elle s'intéressât à ses problèmes financiers et aux difficultés de sa fille, qu'elle lui parlât même d'un projet de voyage à Versailles, stupéfia la bonne Sévigné.

En écoutant son amie, elle devina que ce n'était pas le mariage de Savoie qui lui donnait contentement et force de vivre, ni même celui de son fils. Pour la Savoie, Marie comprenait. Pour Armand, elle questionnerait plus tard. Ce n'était pas non plus la religion qui soutenait la comtesse. Elle avait promis à Marie de revoir le père Dugué, de l'écouter. À l'évidence, elle ne l'avait pas fait et ne le ferait probablement jamais. Madeleine n'avait pas eu non plus de nouveau succès romanesque. Même en Bretagne, on l'aurait su. Alors ?

Elle comprit vite. Quatre domestiques entrèrent,

porteurs de deux grosses malles. Un valet de la comtesse les accompagnait.

« Mettez-les dans l'ancienne chambre de mon fils l'abbé », dit Madeleine. Puis, se tournant vers son amie : « M. Ménage est mis en demeure par son propriétaire de quitter son logement. Je vais l'abriter quelque temps rue de Vaugirard. Voici déjà une partie de ses manuscrits. »

26

Le pont Flavien

C'était trop tard. Le lendemain, Gilles Ménage tomba en essayant de ranger encore des livres. Il se luxa l'épaule et perdit bientôt connaissance. Hémorragie cérébrale, arrêt cardiaque. En quelques heures, il était mort. La nouvelle du drame frappa Madeleine de plein fouet. Depuis la reprise de leur correspondance, elle avait souvent eu peur de perdre à nouveau son amitié. « Il ne faut pas que notre amitié meure avant nous », le suppliait-elle. Jamais elle n'avait eu peur de le perdre, lui.

Elle se sentait malade, aussi vieille que Gilles. Malgré leur grande différence d'âge, elle pensait partir avant lui. Sans relâche elle admirait son intelligence, intacte à plus de soixante-quinze ans. Il y avait quatre années qu'elle se confiait à lui, corps et âme, quatre années que cet amour tendre la réconfortait, lui faisant oublier ses échecs et ses angoisses. Elle avait supporté avec peine la mort de La Rochefoucauld, celle de Ménage lui parut insurmontable.

Jamais il ne lui avait caressé même le bout des

doigts. Elle l'avait voulu. Elle se rendait compte du peu de promenades, de lectures, de conversations qu'ils avaient partagé ensemble. Si peu en tant d'années. Lui seul au monde l'appelait sa merveille. Elle n'était plus la merveille de personne.

Dans sa jeunesse, elle aurait imaginé que le succès de sa *Clèves*, un succès inouï, à faire pâlir Mlle de Scudéry, la consolerait de tout. Erreur. Par la force des choses, ce succès prodigieux ne lui apportait rien.

L'argent, elle s'en moquait, elle en avait à ne plus savoir qu'en faire. Et la gloire, le bonheur d'être reconnue comme un écrivain exceptionnel, capable de créer des personnages vrais, de les faire exister pour les lecteurs avec leurs sentiments et leurs désirs, cette gloire, qu'elle aurait tant voulue, se dérobait à elle, parce qu'elle était femme dans un monde mesquin.

La Rochefoucauld savait qu'elle était l'auteur de la *Clèves*. Il était même aux premières loges pour le savoir, mais il n'en parlait jamais et abandonnait lâchement aux scribouillards de son entourage la paternité du texte à succès.

Gilles aussi connaissait la vérité. Elle n'avait pas eu besoin de la lui dire. Quand il avait évoqué pour la première fois son roman, il avait fait mine de se tromper sur le nom de l'héroïne. Lui permettait-elle de citer, dans un ouvrage d'érudition, sa duchesse de Clèves ? écrivit-il.

« Duchesse, non. Princesse », rectifia Madeleine. Mais elle avait compris le message.

Il savait la vérité. Lui, le bibliophile, le savant universel, n'avait fait ce lapsus grossier à propos d'un livre connu que pour lui faire sentir sa rancune. Comment son élève et amie avait-elle pu le laisser dans l'ignorance ?

Hélas, Gilles mort, personne d'important dans le

monde littéraire ne saurait — ou ne voudrait savoir — qu'elle avait été un écrivain. Elle ne pouvait soupçonner que Ménage, par une minutieuse comparaison avec *La Comtesse de Tende* et *La Princesse de Montpensier*, avait établi que Mme de La Fayette était aussi l'auteur de *La Princesse de Clèves*. Tout était dans ses papiers, dans les malles qui dormaient rue de Vaugirard.

Avec le chagrin, le cortège des maux revenait, plus violent qu'à l'accoutumée. Marie s'en inquiétait. Comme autrefois, on prescrivait à Madeleine du lait d'ânesse, des bouillons de vipères. Sans résultat. L'été approchait. Elle avait une nouvelle invitation pour Versailles. Elle n'en avait plus de plaisir. Remercier le roi, toujours remercier. Cette fois, pour le bon accueil fait par la cour à sa belle-fille, et pour s'entendre louer une petite avec qui elle n'avait rien en commun, qui prenait peu à peu la place de la vraie comtesse de La Fayette, l'unique.

Éprouvée par la chaleur de ce mois de juin finissant, trop faible pour supporter les cahots du carrosse, elle se fit porter en litière au château.

Elle reconnut l'appartement du roi, la table de jeu, les habituels flagorneurs. La Palatine pérorait, grande, forte, habillée en tenue de chasse. On aurait dit un homme. Dire qu'elle était la belle-sœur de Louis XIV, la seconde épouse de ce Monsieur si efféminé, dire qu'elle remplaçait la fragile et charmante Henriette. À nouveau Madeleine sentit le regret de n'avoir pas rencontré cette princesse, de ne l'avoir pas mise au nombre de ses héroïnes malheureuses et pitoyables... Sa curiosité s'émoussait. Un dégoût la saisit, de ce monde frivole, carnassier, oublieux.

Les musiciens, sur leur estrade, entonnaient un air de Delalande, l'étoile montante des compositeurs royaux. Une jeune chanteuse les rejoignit. Elle portait sur sa chevelure brune une couronne d'épis de blé et sa robe était de gaze légère, dorée comme les champs d'avoine mûre. Sa voix fraîche s'éleva, au-dessus du brouhaha des courtisans et des joueurs. Dès les premiers mots, magnifiquement chantés, Madeleine se figea.

C'étaient les vers du *Moissonneur*, les vers de Ménage mis en musique, et qui célébraient la saison nouvelle. Elle se revit dans son jardin, rue de Vaugirard, riant avec Marie de son amoureux qui venait lui apporter, en avant-première, le texte de son *Moissonneur*. Elle l'avait pris négligemment. Elle s'en moquait. Elle n'avait alors d'autre but que de conquérir un duc, le sixième de sa race ! Aujourd'hui, Gilles n'était plus, ne serait jamais plus. C'était insupportable.

Tandis que le chant continuait, elle tenta de se diriger vers le vestibule. Elle était à bout. Elle étouffait dans cet appartement du roi, si frais d'ordinaire en été. La tête lui tourna. En voulant contourner l'immense table de jeu, elle buta contre un de ses pieds.

Elle faillit s'étaler de tout son long, se raccrocha de toutes ses forces au tapis qui recouvrait la table. Le tapis glissa. Un à un, les louis d'or tombaient à terre. Déjà le marquis de Vardes, revenu depuis peu d'exil et toujours galant, se précipitait pour les ramasser. Le duc d'Enghien prit Mme de La Fayette par le bras, la releva et lui murmura : « Reprenez-vous, madame la comtesse. Sinon, je vais être obligé à mon tour de me baisser pour ramasser les pièces. »

La honte la submergeait. La gazette en parlerait. Plus morte que vive, elle monta dans sa litière. Le soleil était encore haut. Il inondait d'or le ciel de juin.

La vie ne lui était plus de rien. Le lendemain, très tôt, avant que les domestiques ne fussent levés, Madeleine fit une dernière fois le tour de sa maison. Elle avait lutté pour l'acquérir. L'avait-elle aimée, l'avait-elle ornée, embellie ! Le jardin était dans toute sa beauté, les roses moussues embaumaient, comme au Clos-Lucas.

En entrant dans la chambre de son fils Louis, elle eut un sursaut de douleur. Les malles de Ménage, ses manuscrits, inutiles comme le projet de l'accueillir dans cette demeure, témoins ultimes d'une amitié disparue, seuls restes de leurs dernières années de bonheur. Mais pouvait-elle appeler bonheur leurs liens de papier, leur connivence imaginaire, leurs joies d'encre et de plume ?

Elle monta dans sa chambre, pensa à cet amoureux tendre, soumis, à leur séjour dans le Midi, unique, à leur promenade au pont Flavien. Les parfums de Provence, le chant des cigales, la chaleur sèche lui sautèrent à la gorge. Elle les sentait. Elle haletait.

Elle se voyait avec lui sur le pont romain, sous un ciel uniformément bleu. Combien y avait-il de lions, deux, quatre ? Elle ne savait plus. Mais elle se rappelait la manière brusque dont elle s'était détournée de Gilles quand il avait voulu lui prendre la main. Que serait-il advenu d'elle si... Allons, les regrets étaient inutiles. Elle était décidée. Elle en avait assez de souffrir physiquement, moralement. Il lui fallait franchir le pas.

Toute à sa rêverie, elle s'assit à son secrétaire noir, celui des peintures de Daniel, et écrivit quelques lignes. Comme tant de fois ! La seule chose qu'elle savait faire, écrire. Seulement ce jour-là, elle marchait vers la mort et, dans son désarroi, c'était à un mort qu'elle écrivait, Ménage, un mort qui l'avait aimée, et lui avait fait connaître, non pas le bonheur physique, mais le bonheur des mots.

Quand elle eut fini, elle se leva prendre une poignée des grains d'opium que Fanchon prévoyait contre ses insomnies et rangeait dans un coffret d'argent, cadeau de Jeanne-Baptiste de Savoie. Cela irait. Trois grains avaient suffi à la reine d'Angleterre... Elle s'allongea sur son lit somptueux de damas jonquille, ferma les yeux et laissa venir à elle la troupe des siens.

Immédiatement ils furent là. Ils couraient, ils formaient une ronde grimaçante et déchaînée.

L'Inconnu, cet homme qu'elle ne reconnaîtrait pas si elle le rencontrait et qui avait bouleversé son destin, l'Inconnu les entraînait. Il était de dos. Madeleine ne voyait pas son visage. Elle reconnaissait Gilles, les sœurs frivoles de la rue Férou, Renaud chevauchant avec sa mère au Clos-Lucas, son père dans sa belle maison de Vaugirard, Jeanne-Baptiste et le duc de La Rochefoucauld, une kyrielle de petits marquis, La Fayette dans sa tour branlante, sa belle-sœur de la Visitation, la petite Henriette d'Angleterre et la jeune princesse de Clèves, Nemours, Montpensier, Tende, tous ceux qu'elle avait connus, tous ceux qu'elle avait inventés. Leur ronde s'accélérait, tournait autour de Madeleine, se rapprochait d'elle. Ils allaient la toucher. Ils allaient l'étouffer. Ils l'écrasaient.

La cérémonie des funérailles de la comtesse de La Fayette se fit à Saint-Sulpice. Grandiose. Ses fils, désolés, affirmaient-ils, n'avaient pas lésiné sur le nombre des célébrants, la qualité de l'oraison funèbre, les dons à la paroisse. Leur mère leur laissait de quoi. Un cortège ininterrompu de carrosses, souvent décorés des armoiries de leurs propriétaires, encombrait le quartier depuis la maison de la rue de Vaugirard.

Unanimement, les assistants s'étonnaient de la mort subite de celle qu'ils n'hésitaient pas à qualifier

234

de son vivant de « malade imaginaire ». À leurs yeux, cette éternelle valétudinaire, inlassablement soucieuse de sa santé, recluse dans sa maison et que seul le souci de ses intérêts semblait en faire sortir, était du genre à vivre cent ans.

Marie de Sévigné, en grande mante noire, ruisselante de larmes, était affligée au dernier point. Son chagrin d'avoir perdu Madeleine était infini.

« Jamais, chuchotait-elle à Mme de Coulanges en sortant de Saint-Sulpice, le moindre nuage dans notre amitié, une amitié de plus de trente ans ! Cette longue fréquentation ne m'avait accoutumée ni à son mérite ni à la qualité de son esprit. Je m'en étonnais et les admirais sans me lasser. Je lui rendais beaucoup de soins. Mon cœur m'y poussait, non la bienséance. »

Le surlendemain, Marie, l'âme désolée, parcourait la maison de la rue de Vaugirard. C'était comme un pèlerinage. Son amie tenait tant à sa demeure. En pénétrant dans la chambre, elle repensait aux souffrances de Madeleine, violentes depuis la mort du duc de La Rochefoucauld, extrêmes depuis quelques mois. Le public la traitait de folle, considérait qu'elle avait tout pour être heureuse, et que sa tristesse mortelle n'était que déraison. Marie la défendait, contre tous, contre sa fille même qui ne l'aimait pas.

Jusqu'ici, elle n'avait eu guère d'arguments raisonnables à leur opposer. Maintenant que les médecins parlaient de boyaux durs et pleins de vents, de pierre probable dans le rein, sans doute d'une tumeur maligne, elle saurait défendre son amie. Madeleine n'était pas folle, elle était vraiment malade. Elle avait raison quand elle énumérait ses maux. La preuve, elle en était morte.

Marie allait le dire à tous, elle se devait de remplir ce pieux devoir. Pour commencer, ici même, dans la chambre de son amie, elle décida de l'écrire à sa fille. Elle s'assit devant le secrétaire de bois noir. Tiens, il n'était pas fermé à clé. Madeleine était distraite parfois. Avait-elle été désolée du vol de ses louis d'or, juste avant le mariage d'Armand, et troublée d'avoir à se méfier de l'honnêteté de ses proches. Elle avait dû, ce jour-là aussi, oublier de fermer. Simplement. N'importe qui avait pu la voler.

Défendre son amie détourna Marie de son chagrin. Elle développa longuement à sa fille son propos avec sa verve coutumière : « La pauvre femme n'est que trop justifiée. Elle n'était point folle. Elle avait raison d'être triste et de ne point sortir. C'était une grande malade. » Et elle répétait l'avis des médecins : « La preuve, son mal l'a emportée. Elle est morte d'une tumeur au rein. » La lettre fut bientôt écrite. La vérité établie, Marie se sentit l'âme en paix.

Elle regarda un instant les scènes peintes de la vie de Daniel. Elle les connaissait. D'un tiroir que l'on n'avait pas repoussé à fond, un papier dépassait. L'écriture de son amie. Sans réfléchir, elle le prit et le lut.

C'était un billet court, le style même de Madeleine : « Gilles. Je n'en puis plus de cette vie malheureuse, dépourvue de gloire et d'attrait. Je pars sans retour, volontairement. Je vais traverser une dernière fois le pont Flavien. Vous souvenez-vous ? Peut-être vous retrouverai-je au bout du pont, près des lions. Combien sont-ils ? je ne l'ai pas retenu. Vous me le redirez. J'ai toujours été votre mauvaise écolière. Madeleine de La Vergne. »

Marie fut troublée d'avoir lu ce billet destiné à un mort, frappée de stupeur de ce qu'il révélait. Elle s'était trompée, elle avait été trompée par les médecins. Mme de La Fayette n'avait pas été emportée par une tumeur au rein. Elle s'était donné la mort. Sa folie n'avait pas été de se croire malade, mais de se rendre malade. Malade de ses déceptions, de ses chagrins, de ses hontes, de ses rancœurs, véritables ou imaginaires. Malade à en mourir.

Marie ne dirait rien de sa découverte. À personne. Elle ne pouvait expliquer la vérité. Pour tous, son amie adorée devait être morte d'une méchante maladie. Elle n'en parlerait plus. Elle hocha la tête, pleura un peu, déchira lentement sa lettre à sa fille, puis demeura prostrée sur sa chaise.

De ne pouvoir se confier ni raconter sa découverte la bouleversait. Cette mort, quel gâchis ! Madeleine avait pris les événements de sa vie trop à cœur. Après tout, elle avait été aimée. Insuffisamment, mal, à contretemps, soit. Comme beaucoup de femmes. Elle-même ne lui avait jamais refusé son affection, la douceur de ses caresses. Mais sa douce, comme elle l'appelait, avait tendu ses filets trop haut. Elle aurait dû accepter ce qu'elle ne pouvait changer, et vivre.

Les nuages qui assombrissaient la chambre se dissipaient peu à peu. Madeleine était partie, ses romans restaient. Elle avait souffert qu'ils ne fussent pas signés d'elle, pas reconnus. Marie le savait. Là encore, elle avait exagéré sa souffrance, négligé de voir l'immense succès de ses livres.

Au lieu de se satisfaire de son talent d'écrivain, de cette revanche éclatante sur son mauvais sort, elle n'en avait retenu que les malchances, les coups bas, l'impossibilité d'être femme et écrivain. Et cette horrible frustration de l'anonymat qui la torturait. Mais dans le petit monde de la littérature, personne n'avait été dupe, Marie en était sûre. Ménage, le premier, avait dû savoir à quoi s'en tenir.

Les malles ! Elle les avait vu débarquer dans la chambre de Louis, la dernière fois où elle avait senti Madeleine heureuse. Les fouiller, tout de suite !

Elle se précipita au rez-de chaussée. Les malles n'étaient pas fermées. Il ne lui fallut que peu de temps pour trouver les papiers de Gilles sur les romans de son amie. Mieux même une lettre de Ferrero, l'ambassadeur savoyard, à Ménage. Tout y était. Les aveux confidentiels de Mme de La Fayette à la douairière de Savoie sur son travail d'écrivain, et les chaleureuses félicitations, confidentielles, bien sûr, de Jeanne-Baptiste.

Marie tremblait de joie. Elle ferait connaître ces documents. D'autres surgiraient. Elle parlerait, elle écrirait partout. Pour Madeleine, ce serait la réussite, enfin ! Une gloire sans pareille ! Ses romans, ses succès ne passeraient pas. Elle serait de ces femmes qui ne meurent jamais.

Marie de Sévigné quitta la maison de son amie. La porte de la rue de Vaugirard se referma. Dehors, le soleil s'était décidé à briller.

Table des matières

1. Saint-Sulpice 9
2. À l'hôtel de Schomberg 19
3. La porte de la rue Férou 25
4. Réception à Vaugirard 33
5. La Visitation de Chaillot 41
6. L'hôtel de Condé 47
7. De Paris... 55
8. Sur les routes 63
9. En Provence 73
10. Seule, à La Mousse 81
11. La Provence. Fin 89
12. Chaillot, encore 97
13. Nades 107
14. Limoges 117
15. Vichy 127
16. La maison d'en face 135
17. Retour à Vaugirard 145
18. L'hôtel de Nevers 155
19. Du côté de Zaïde 165
20. La Savoie 173

21. Au centre de la toile 181
22. Chez Barbin 189
23. Versailles 199
24. Rue de Seine 209
25. L'hôtel de Marillac 219
26. Le pont Flavien 229

Achevé d'imprimer en septembre 1997
sur presse Cameron
*par **Bussière Camedan Imprimeries***
à Saint-Amand-Montrond (Cher)

Dépôt légal : septembre 1997.
N° d'édition : 97135. N° d'impression : 4/907.

Imprimé en France